ヒロイン不在の悪役令嬢は婚約破棄して ワンコ系従者と逃亡する

柊　一葉

B's-LOG BUNKO
ビーズログ文庫

CONTENTS

CHARACTERS
シド
ヴィアラの従者兼護衛。
最高位『紫《スピネル》』を賜る優秀な魔導士。幼い頃にヴィアラの父が拾ってきたので出自は不明。ヴィアラにだけ懐いている。
ヴィアラ・エメリ・マーカス
ローゼリア王国の公爵令嬢。
実は転生者で、自分が小説の悪役令嬢だと知っている。バロック殿下のことは愛していません！

ノア・ストランド
神官長。
ククリカ・ラリー
小説のヒロイン。
イーサン・エメリ・マーカス
ヴィアラの兄。
アネット・リドリー
伯爵令嬢。
バロック殿下とそういう仲!?
バロック・フォン・ラウディング
ローゼリア王国の王子。
ヴィアラの婚約者。
俺様で女好き。

イラスト／ｉｙｕｔａｎｉ
キャラクター原案／じろあるば

プロローグ　悪役令嬢、余りました

「やっとこの時が来たわ……！」

　春の陽気が心地《ここち》いい昼下がり。

　メイドが淹《い》れてくれた温かい紅茶から、ゆらゆらと湯気が立ち上っている。私は三枚の報告書を手に、邸内《ていない》の緑豊かなサロンで寛《くつろ》いでいた。

　私、ヴィアラ・エメリ・マーカスは、ローゼリア王国の公爵令嬢《こうしゃくれいじょう》。

　スッと通った鼻筋に、何も塗《ぬ》らずとも潤《うるお》った赤い唇《くちびる》。長い淡い水色《アイスブルー》の髪《かみ》はツヤツヤのストレートで、銀色の瞳《ひとみ》は宝石のスターサファイアに例えられるほどだ。

　今、この手にあるのは報告書という名の『国立ローゼリア学園新入生名簿《めいぼ》』。これからの二年間、私の学友になる者たちのリストだ。

　十六歳になると、高位の貴族令嬢や子息は皆《みな》この学園に入学する。さすがはローゼリア王国一の名門校、王侯《おうこう》貴族に始まり見知った名前がずらりと並んでいた。

　この中に私の運命を揺《ゆ》るがす女子生徒がいると思うと、緊張《きんちょう》感がこみ上げる。表紙をめくる手は、いつになく慎重《しんちょう》になっていた。

「ククリカ、ククリカ……、あれ？」

私が探しているのは、ククリカ・ラリー男爵《だんしゃく》令嬢。特待生として入学しているはず。

しかし――

「待って。コレどういうこと⁉」

どれほど探しても、お目当ての名前は見つからない。

「嘘《うそ》よ……！　誰《だれ》か嘘だと言って……！」

まさかそんなことって……！　そんなことがあるはずない。あっていいわけがない！

わなわなと震《ふる》えだす右手。名簿をグシャッと音を立てて握《にぎ》り潰《つぶ》す。

私は肺にたっぷり空気を吸い込み、心のままに叫《さけ》んだ。

「いやぁぁ‼」

どんな物語にも主人公《ヒロイン》がいて、悪役もいる。それって当然のことでしょう？

なのになぜ、ヒロインのククリカがいないの……⁉

ここは、前世で私がハマりにハマった溺愛《できあい》系イチャラブ恋愛《れんあい》小説の世界。剣《けん》と魔法《まほう》が存在するワクワクドキドキ、ファンタジーの世界観で物語は進行する。

なんと私は、小説の世界に転生した『悪役令嬢』なのだ。

ヴィアラはこの国の王子様・バロック殿下《でんか》の婚約者《こんやくしゃ》で、美貌《びぼう》と権力、財力を兼《か》ね備《そな》えた傲慢《ごうまん》なお嬢様《じょうさま》。十六歳になると国立ローゼリア学園に入学する。

そこで、同じく学園に入学するヒロインと殿下が惹《ひ》かれ合うことに嫉妬《しっと》し、それを阻止《そし》すべくヒロインをいじめる役どころだ。

その結果、ヴィアラは王家の怒《いか》りを買って断罪され、処刑《しょけい》される運命にある。

もちろん、そんな未来は絶対に嫌《いや》。転生したからといって、私は小説通りにバロック殿下を好きにはならなかった。だから、彼をヒロインと奪《うば》い合《あ》うつもりはさらさらない。

それに、前世では普通《ふつう》の真面目な女子高校生だったから、イジメをするのに抵抗《ていこう》がある。

前世では父の失業をきっかけに一家離散《りさん》、色々な苦難を乗《の》り越《こ》えてやっとのことで就職し、私の人生はこれからっていうときに病気であっけなく人生を終えちゃった……。

だから今世こそは、退屈《たいくつ》なくらいに平穏《へいおん》な日々を過ごしたい。いや、過ごしてみせる！

そのためには、入学してすぐにヒロインに接触《せっしょく》しなきゃいけない。「私はあなたの敵じゃありませんよ」と彼女に伝え、マーカス公爵家の権力と財力を活用し、ヒロインとバロック殿下を速《すみ》やかに恋仲《こいなか》にして、私は綺麗《きれい》さっぱり婚約解消！

そうすると決めていたのに、なぜか名簿にヒロインの名前がない!!

私の絶叫《ぜっきょう》を聞きつけ、従者のシドが私のそばに一瞬《いっしゅん》で駆《か》け寄《よ》ってきた。

「お嬢《じょう》!? 何事!?」

黒髪《くろかみ》に紅《あか》い目の美男子が、目を見開いてその精悍《せいかん》な顔立ちを歪《ゆが》めている。シドは無礼にも背後から私の肩《かた》を強く掴《つか》み、ガクガクと激しく揺らした。

「何があったんですか⁉　どうなさったんですか⁉」

酔《よ》うからやめて！　揺さぶらないで！

彼の手を振《ふ》り払《はら》った私は、淡い水色《アイスブルー》の髪を振り乱《みだ》して再び叫んだ。

「どういうこと⁉　ヒロインの名前が名簿にないじゃない！　なんで？　どうして⁉」

予想外の事態に、私の脳はフル回転で原作小説の内容を振り返る。

確かストーリーは王道だった。

主人公である貧しい男爵令嬢・ククリカが、学園で出会った俺様王子に惚《ほ》れられて、障害を乗り越えながらハッピーエンドを迎《むか》える。

この小説の魅力《みりょく》は、ヒロインのククリカが可愛《かわい》いところだ。

お父さんが酒浸《さけびた》りなのに、手に職をつけて養ってあげたいって……彼女のひたむきにがんばる姿は、涙《なみだ》を誘《さそ》う。めっちゃ泣ける。

「私がククリカを養ってあげる！」と何度そう思ったことか。

前世の私は家族の縁《えん》が薄《うす》かったから、ククリカががんばる姿を見て自分も励《はげ》まされていた。ヒーローである俺様王子より、健気《けなげ》なヒロインに惚れていた。

俺様王子・バロック殿下は、赤髪《あかがみ》のイケメン。この国唯一《ゆいいつ》の王子だから、誰も逆らえない。

容姿と身分だけが取り柄《とえ》の、典型的なワガママ王子だ。

彼は学園でククリカに出会うと、その素直《すなお》でまっすぐな性格に感銘《かんめい》を受け、初めて本気の恋《こい》を知ることになる。

ヴィアラがどんなにバロック殿下を愛していても、泣いて縋《すが》っても、婚約を解消してククリカの手を取るのだ。

現実的に考えると、「婚約者を捨てるなんて不誠実だ」という意見もあるだろう。

だが、ヒロインに出会った俺様王子が、改心して彼女一筋の頼《たよ》り甲斐《がい》ある男性に成長するというのは、読者的にはキュンとなるラブロマンスだった。

私も読者だったときは、なんの疑問もなくその展開を受け入れていた。

それに、バロック殿下がククリカに傾《かたむ》いた原因はヴィアラにもある。

ヴィアラは幼い頃《ころ》から王子を追いかけ回して束縛《そくばく》し、周囲にはいかに自分たちが想《おも》い合っているかを吹聴《ふいちょう》する。

だが、恋愛感情を抱《いだ》いているのはヴィアラだけで、彼女が語る二人の話は全部嘘。バロック殿下は、政治的な意味合いの強い婚約だということで投げやりな態度だった。

成長と共に、ヴィアラの王子への執着《しゅうちゃく》はどんどん強くなっていく。下級貴族の娘《むすめ》であるククリカと王子が親しくなっていくのを許せるわけはなく、嫉妬に駆られたヴィアラは彼女を陥《おとしい》れるために全力を尽《つ》くすのだ。

悪口を言って仲間はずれにするだけに止《とど》まらず、男を雇《やと》って襲《おそ》わせたり、罠《わな》に嵌《は》めて罪を着せようとしたり、階段どころかバルコニーから突《つ》き落《お》としたり。

あぁ、毒を盛るシーンもあったっけ。基本的に『ヒロインは見つけ次第《しだい》殺せ』というスタンスなのだ。

もっと他にやりようはなかったの……？　いくらなんでも殺人未遂《みすい》はダメ。

小説の中ならば「悪役ならそれくらいやっても不思議じゃない」って思えたけれど、いざ自分がヴィアラになってみるとそんな悪行を重ねるなんて許容できない。

そしてストーリー終盤《しゅうばん》、ヴィアラの悪事は見事に露見《ろけん》し、断罪され、裏社会の人間との繋《つな》がりも明らかになる。

その結果、見せしめのために国民の前に引きずり出され、あえなく処刑という流れだ。

しかも、ギロチン。ねぇ、恋愛メインの物語にそんな残酷《ざんこく》なシーンって要《い》る？

絶望に彩《いろど》られた未来が見える私は、地獄《じごく》行きのレールから途中《とちゅう》離脱《りだつ》する気満々である。

それなのに、いきなりヒロインが見つからないってこの展開は予想外なんですけれど！

「入学時点でククリカ・ラリーがいないって、どういうこと⁉」

転生したことに気づいたのは十歳頃《ごろ》で、ククリカの名前を思い出したのは最近のことだ。

今までは、ヒロインのことを考えると頭にモヤがかかったみたいだった。

まさか、思い出した途端《とたん》にヒロインが行方不明《ゆくえ》なんて。

あまりに衝撃的《しょうげき》な事実に、報告書をバサッと床《ゆか》に落としてしまった。

「一体、何がいけなかったの？　どこで間違《まち》えたのかしら？」

私だって、これまで何もやってこなかったわけではない。

運命は変えられると信じ、前世の記憶《きおく》を取り戻《もど》してすぐに死亡フラグ回避《かいひ》に尽力《じんりょく》した。

その時にはすでにバロック殿下と婚約してしまっていたので、まずは婚約解消を正攻法《せいこうほう》で実現しようとしてみた。

ところが、王家と結んだこの婚約は「契約《けいやく》」であり、公爵家の娘の一存では覆《くつがえ》せない。

パワーバランスは、王家を頂点として滝《たき》のように垂直だった。身分制度、王制、おそるべし！

そもそもこの婚約は、「うちの子ちょっとおバカだからしっかりした婚約者を」と王妃《おうひ》様が前のめりで結んだものなのだ。私に拒否《きょひ》権などあるはずもない。

それに、娘を愛する父と優《やさ》しい母は、私が将来王太子妃《ひ》になることを栄誉《えいよ》なことだと思っていた。二人もまさか、バロック殿下が更生《こうせい》しないまま成長するとは予想していなかっただろう。

バロック殿下は、子どもの頃なら大きな態度も生意気な口調もまだ可愛いと思えた。

『母上が決めた相手だから、仕方なく妃《きさき》にしてやるぞ！』

そんなことを言っていたお子様は、まったく更生しないまま十六歳になった。

剣や魔法の腕前《うでまえ》は普通レベルで、残念ながら座学は不得意。性格は傲慢で、女癖《おんなぐせ》も悪い。

たくさんのご令嬢を侍《はべ》らすのが好きで、婚約者である私の前でも遠慮《えんりょ》なく令嬢たちに声をかける始末。パーティーで会うと、「おまえもこの輪に入りたいのか？　そうだろう」という目を向けてくる。

ヒロインに出会って改心するはずだけれど、今のところはなんとも残念な仕上がりだ。

こんな王子と結婚《けっこん》するなんて、心の底からお断りする。バロック殿下を更生させるのは、彼を愛していない私には無理だ。早くヒロインに差し上げたい。

と、なれば。殿下と婚約解消できていない今、心機一転して小説のスタート時点からがんばって、私の運命を変えよう。

そう気合を入れ直して、入学後はヒロインと王子の出会いを演出し、二人のハッピーエンドまでしっかりお膳立《ぜんだ》てするつもりだったのに……！

「なんでいないの⁉　ククリカがいなきゃ、殿下をもらってくれる人がいないじゃない！」

一体誰が殿下を更生させるの⁉

だいたい、ヒロインがいなきゃ私ってなんなの⁉　悪役令嬢、余っちゃった！

「ううっ……！　嫌、あんな王子と結婚したくない」

床にペタンと座り込み、涙を流す。

でもここには、私の涙を拭《ぬぐ》ってくれる人がいた。

「ほら、そんなに泣いたら目が腫《は》れますよ～」

シドはさらりとした黒髪の紅い目をした青年で、私より三つ年上の十九歳。私の従者でありながら、ローゼリア王国きっての優秀《ゆうしゅう》な魔導士《まどうし》でもある。

百八十七センチの身長はこの国の平均より少し高めで、黒の下衣を纏《まと》った長い脚《あし》やすらりと伸《の》びる腕は見惚《みと》れるほどバランスがいい。

ダークグレーのローブで隠《かく》れているけれど、細身なのに筋肉質なスタイルは私の好みだ。

右耳に光る赤いピアスがよく似合い、柔《やわ》らかな笑《え》みは人懐《ひとなつ》っこくて可愛い。

小説のキャラじゃないのに、容姿チートな魔導士は誰よりもかっこよく見える。

うちに来た八歳の頃はとにかく笑顔《えがお》の愛くるしい小型犬みたいな感じだったのに、今ではすっかりシャープに凛々《りり》しくなってしまった……！

私の前では屈託《くったく》のない笑顔を見せてくれるけれど、外へ出ると他人には懐《なつ》かないところもまたいい。シドを従者にしてくれたこと、今は亡《な》きお父様に感謝してもしきれない。

さらにシドは、『前世の記憶』や『悪役令嬢の運命』について話したので全部知っている。

いずれ破滅《はめつ》するのだと嘆《なげ》くと「そんなの悪い夢ですよ」と言って笑ってくれるのだ。

今だって、泣《な》き崩《くず》れる私の肩に手を置き、優しく慰《なぐさ》めてくれている。

「お嬢、俺がお守りしますからご心配なく。夢なんて、しょせんは夢ですよ。もしも未来視の力だったとしても、わかっているなら変えられますって」

私の前世の記憶のことは夢だと思っているけれど、まったく信じていないわけでもなくて、「未来視」の力じゃないかとシドは言う。頭がおかしくなったと距離《きょり》を置かれても仕方がない発言を繰《く》り返したのに、いいかげんに聞き流すことはなかった。

私にとって、悩《なや》みを相談できる唯一の相手がこのシドだ。

「ククリカ・ラリーがいなくても、お嬢の人生が終わるわけじゃないですよ」

「ううっ……！　まだなんとかなる？」

「はい」

優しい笑顔で頷《うなず》くシド。私は、その笑顔にいつも慰められてきた。

「でもここからどうすればいいの？　いきなり躓《つまず》くなんて予想外だわ」

眉根《まゆね》を寄せて私は嘆く。

私が十二歳のときに両親は事故で亡くなり、それ以降は美しく聡明《そうめい》な兄・イーサンと支え合って生きてきた。お兄様は気弱なところがあるものの、私のことを心から可愛がって

くれている。

そんなお兄様を捨てて逃《に》げることはできなかったし、逃げてマーカス公爵家の皆に迷惑《めいわく》がかかることも嫌だったので、婚約解消のためにあれこれ策を練って実行するも、未《いま》だに婚約者のままだ。だからこそ、ヒロインにバロック殿下を押しつけ……じゃなかった、素《す》敵《てき》なロマンスをお願いするつもりだったのに。

それに私は、シドのことが好きなのだ。彼のことを密《ひそ》かに想っているからこそ、バロック殿下を好きにならなかったとも言える。

でも、そもそもククリカがいないんじゃ話にならない。

「信じられない。入学していないだなんて」

国立ローゼリア学園は、貴族子女ならまず通う場所。結婚している人や、病に臥《ふ》せっていない限りは貧乏《びんぼう》でも奨学金《しょうがくきん》を借りて通う。

そうしなければ、よい縁談《えんだん》や仕事にありつけないから。

「ククリカ・ラリー男爵令嬢はどこへ行ったの？　入学してくれないと困るのよ！」

わぁっと感情を露《あら》わにして天を仰《あお》げば、隣《となり》にしゃがみこんだシドが拾い上げた名簿に視線を落として言った。

「お嬢、入学してないってことは未来視が間違っていたってことじゃないですか？　あるいは、お嬢ががんばったからすでに未来が変わっているとか」

え、何その前向きな考え方。驚《おどろ》きで目を瞬《しばたた》かせると、はらりと涙の雫《しずく》が落ちる。

「私が、がんばったから？」

「ええ。そうですよ、きっと」

シドを見つめると、いつものように笑ってくれる。そして彼はそっと私の目元を拭うと、にことさらに笑みを深めた。その優しさにキュンとくるけれど、でも今はときめいている場合じゃない。

「すでに未来は変わっている？　でも私ががんばったのは、家を没落《ぼつらく》させないことと領地を豊かにすること、それにバロック殿下に間違って惚れないことくらいよ。それとも、ここは小説の世界じゃないの？」

混乱が加速する。悩む私に、シドが助《たす》け舟《ぶね》を出してくれた。

「そのククリカ・ラリー男爵令嬢は、密偵《みってい》に探すように指示しておきます。王都にいるなら、所在くらいはすぐに摑めるでしょう」

「見つけたって、今さらどうにかできると思う？」

「う〜ん、金さえ積めば編入できますからねぇ。うちがごり押しして学園にねじ込むことはできますよ？」

はっ！　そうだわ、ヒロインがいないなら連れてくればいいのよ！

お金、権力、ありがとう！　悪役令嬢らしい振《ふ》る舞《ま》いはしたくないって思っていたけれど、こうなったら仕方がない。使えるものは使おう。それしかない。

私はシドの提案を全面的に受け入れ、うんうんと何度も頷いた。

「いったんこのことは俺にお任せを。それより、お嬢は明日の入学式のことを考えてください。きっと制服がよく似合うはずですよ」

そうだった。明日の入学式は、無様な姿なんて晒《さら》せない。

いずれ婚約破棄《はき》されるにしても、断罪される余地なんてないくらい完璧《かんぺき》な令嬢でなければ。私にはまったく非がないって、周囲に知らしめないと。

シドの助言で少し落ち着いた私は、スッと立ち上がる。

「私に制服が似合うなんて当然でしょ？」

いつものように、堂々とした態度でシドを見下ろす。

彼は何かに耐《た》えるようにクックッと笑い、私に続いて立ち上がった。

「はい、もちろんですよ、お嬢。なんなら着替《きが》えをお手伝いしましょうか？」

「いらないわよ！」

差し出された手をペシッと払い、私はサロンを出て部屋に戻った。

第一章 婚約解消して、未来を変えます！

入学式当日。新しい制服を纏《まと》った私は、私室で鏡の前に立っていた。

襟《えり》付きのブラウスに蒼《あお》いクロスタイ。白を基調とした細身のブレザーを羽織ると、淡い水色《アイスブルー》の髪《かみ》がよく映《は》えて深窓の令嬢《れいじょう》みたい。両サイドが三段になったティアードスカートは、歩くたびにふわりと揺《ゆ》れて気分が上がる。

「よくお似合いですわ、お嬢様《じょうさま》。まるでお嬢様のために作られた制服のようです！」

支度《したく》をしてくれたメイドのエルザは、大げさなまでに褒《ほ》めたたえてくれた。

身内贔屓《びいき》を差し引いても、整った顔立ちにメリハリあるスタイルはどう見ても名家のお嬢様。幸か不幸か、王太子の婚約者《こんやくしゃ》に相応《ふさわ》しい美貌《びぼう》である。

でも、私が綺麗《きれい》だと言ってほしいのはただ一人。振《ふ》り返《かえ》って、エルザに尋《たず》ねた。

「シドは？」

「すでに表で待機しています」

シドは私の姿を見て、どう思うかな。ドキドキしながら、エルザを伴《ともな》って部屋を出る。

ところが、最初に私を出迎《でむか》えたのは人相の悪い屈強《くっきょう》な男たちだった。

「「「お嬢ぉぉぉ！　おはようございまーす‼」」」

我が家の玄関《げんかん》は、私の門出《かどで》を祝う賑《にぎ》やかなムードに包まれている、というより暑苦しい男たちの姿と声で騒々《そうぞう》しい。

「お嬢、すっげー可愛《かわい》いです！」

「俺たちのお嬢が、いよいよ、が、学園に……！　ううっ‼」

古参の者たちは、私の制服姿を見て涙《なみだ》ぐんでいた。

「ご立派になられて、俺たちは嬉《うれ》しいです！」

「あ、ありがとう」

いつも思うんだけれど、なんとかならないかしらコレ。

マーカス公爵《こうしゃく》家は、由緒《ゆいしょ》正しき貴族でありながら裏社会を牛耳《ぎゅうじ》るマフィアみたいな顔も持っていて、衛兵や護衛のほとんどが顔や身体《からだ》に傷を持つ『一般人《いっぱんじん》が絶対に近づきたくないオールスターズ』で構成されている。

社交の場ではともかく、普段《ふだん》の私の口調が粗野《そや》なのは絶対に彼らの影響《えいきょう》だ。

それに、原作で悪役令嬢があの手この手でヒロインを消そうとしてくるのは、こういう家庭事情が背景にあったからなのかも、と今さらながら納得《なっとく》してしまった。

マフィアっぽいなとは思うものの、悪の組織かというと実は百パーセントそうでもない。

この国は日本のように警察がいたるところに目を光らせているわけじゃないので、うちが自警団の役割も担《にな》っているのだ。

商人や店、富裕層《ふゆうそう》などから護衛料を受け取り、腕《うで》っぷしの強い男たちが彼らの身や積み荷、土地などを守る仕事もある。

私やお兄様が命令すれば、どんな悪事にも手を染める集団ではあるものの、存在自体が悪でないことはまだ救いだった。

「お嬢、どうかご無事で」

イカツイ顔のロッソが私の前にやってきた。

彼はお兄様の護衛を務める、ロマンスグレーのオールバックがダンディーな四十代。左瞼《まぶた》の中央には縦に傷跡《きずあと》があり、どうも見てもその筋の人ではあるが、こう見えて子ども好きな優《やさ》しい一面があって私は好きだ。

「今も昔も、学《まな》び舎《や》というものは愛憎渦巻《あいぞううずま》く魔《ま》の巣窟《そうくつ》。どうかお気をつけて」

「あなた学園をなんだと思っているの？」

私は呆《あき》れて苦笑いになった。

ロッソは笑《え》みを浮《う》かべたまま、上着の胸元《むなもと》を探《さぐ》り、謎《なぞ》の袋《ふくろ》をスッと渡《わた》してくる。

「これは？」

「気分がよくなるもんですよ、お嬢」

「怪《あや》しいクスリみたいに言わないでくれる？」

袋の中には、色とりどりのキャンディが入っていた。

私、もう十六歳なのに……。

「ありがとう、もらっておくわ」

とはいえ、甘味《かんみ》は正義だから、受け取っておこう。

私は袋をエルザに預ける。

すると今度は、兄のイーサンが心配そうな顔で声をかけてきた。

「本当にお兄様がついて行かなくて大丈夫《だいじょうぶ》かい？　寂《さび》しくなったりしないかい？」

肩《かた》につくくらいの長さで揃《そろ》えた美しい金髪《きんぱつ》に、私と同じ銀色の瞳《ひとみ》のイケメン。

二十二歳という若さで、宰相《さいしょう》様の補佐官の一人としてお城勤めをしている。

しかも領地の仕事もしながら、裏社会を牛耳る我が家の頂点に君臨しているからその能力の高さは目を瞠《みは》るものがある。

「来なくていいです、お兄様。忙《いそが》しいでしょう？　それに私にはいつも通りシドがついているし、心配は無用です」

残念ながらお兄様は忙しすぎる以前に性格に難があり、妻も婚約者も恋人《こいびと》もいない。

険しい顔つきが素敵《すてき》だとご令嬢方にかなり人気はあるが、実のところただの人見知りで家族や部下以外とは目を合わせることもできない小心者なのだ。

しかも、両親亡《な》き今、妹の私を溺愛《できあい》していて結婚《けっこん》はどんどん遠ざかっている。

私に断られたお兄様は、カッと目を見開いて訴《うった》えかけてきた。

「ヴィアラは世界一可愛い妹だ。いるだけで価値があるんだから、誘拐《ゆうかい》されでもしたらどうする⁉　しかも学園には、バロック殿下《でんか》以外にも男がたくさんいるぞ！　おまえの美貌と聡明《そうめい》さを知れば、求婚者《きゅうこんしゃ》が増えるに違《ちが》いない。危険すぎる」

「お兄様、過保護です。それに、マーカス公爵家の娘《むすめ》に近づこうなんて、そんな心臓の強い人がいるとは思えません」

見て？　このずらりと並んだ悪人顔の男たちを！　これを知った上で私に求婚する人がいたとしたら、ものすごい精神力だ。

けれども、お兄様は可愛い妹が心配なようで……。

「ヴィアラ、いつでも学園を辞《や》めていいからね？」

「まだ初日！」

「やりたくないことはしなくていい。それに、王子の婚約者という肩書《かたが》きを重荷に感じる必要もないから自由に休んでいいぞ」

「甘やかしが酷《ひど》い！」

家のために妹をロクでもない王子に差し出すような兄でないことには感謝しているけれど、入学式の日に辞めてもいいと言うのはどうかと思う。

私は適当にお兄様を宥《なだ》めて出発する。

「「お嬢ぉぉぉ！　いってらぁぁぁぁ!!」」

「……いってきます」

ずらりと並んだ黒ずくめの男たちにお見送りされ、私はシドと一緒《いっしょ》に馬車に乗りこんだ。

ガタゴトと揺れる馬車の中、私はクッションを抱《だ》き締《し》めて憂鬱《ゆううつ》な顔をしてしまう。

ヒロインのいない学園生活、あの王子から穏便《おんびん》に逃《に》げられるのか不安だった。

「お嬢、顔が死んでます」

「失礼ね。ギリギリ生きてるわよ」

「それと、聞いてもいいですか？」

正面に座るシドは、遠慮《えんりょ》がちに私を見る。

彼の視線は、私の前髪《まえがみ》に向かっていた。

「どうなさったので？　その前髪」

昨日まで横分けだった前髪は、ぱっつんになっている。

「やっぱりわかった？」

「そりゃあ、そんだけバッサリいってたら……」

「ちょっとでも悪役っぽくないようにしてみたの。印象を良くしたくて」

横分けとかセンター分けの前髪なしは、悪役令嬢っぽいというか。だからがんばって自分で前髪を切ったのだが、私の気も知らずにシドはぶはっと噴《ふ》き出《だ》した。

「そんなに心配しなくても、悪いことしなきゃ大丈夫ですよ。その悪役令嬢っていうのは、本当にいろんなことをやらかしてるんでしょ？」

「それはそうだけど」

まずは形から入ってみたのだ。前髪ぱっつん女子に悪い子はいない、はず。

シドは私の姿をまじまじと見つめ、柔《やわ》らかい表情で言った。

「よくお似合いですよ、その制服。どう見ても深窓の令嬢です」

「そ、そう？　やっぱり？」

褒められてちょっと照れる。手のひらの上でコロコロ転がされている気がするけれど、シドに褒められると嬉しい。

「シドも同じ制服を着られたらよかったのに」

「嫌《いや》ですよ、そんな汚《よご》れやすい服」

シドの制服姿も見たかったな。一緒に通えたらよかったと残念に思うものの、彼は三つ上だし、従者として私に付き添《そ》うだけなのだから仕方ない。

シドは今、短い立ち襟の白いシャツに黒いベスト、黒い下衣という従者としてはスタンダードな服装の上に、ダークグレーのローブを羽織っている。

ローブの首元で輝《かがや》く紫色《むらさきいろ》のブローチは、彼が才能ある魔導士《まどうし》である証《あかし》だ。

この国の魔導士は階級制で、身分証にもなるブローチで階級がわかる。

魔導士の階級は紫《スピネル》から始まり、青《サファイア》、赤《ルベライト》、緑《ジェード》、黄《アンバー》、白《シェル》という六階級がある。最下級の白《シェル》は、ギリギリ魔法《まほう》が使えますというくらいのレベルなので魔導士協会に登録しない人もいるが、黄《アンバー》以上は就職に有利なのでほとんどが登録しているらしい。

最高位は紫《スピネル》で、ローゼリア王国にはシドとシドの師匠《ししょう》を含《ふく》め八人しかいない。

ちなみにうちのお兄様も紫《スピネル》を賜《たまわ》っている。

紫《スピネル》は、火・水・土・風・雷《かみなり》・闇《やみ》・聖という全属性の魔法が使え、しかもオリジナルの魔法を生み出せる人たちにしか与《あた》えられないとても希少な位なのだ。

「私もシドみたいに魔法が自由自在に使えれば、魔法学院に行けたのに」

シドは私が通うローゼリア学園ではなく、魔導士育成に特化した魔法学院を卒業している。しかし私に魔法の才能はなく、魔法学院の入学基準に届かなかった。

「お嬢はちょっと特殊《とくしゅ》ですからね……」

私の魔力《まりょく》量は多いけれど、なぜか外に放出することができない。

火の玉を作っても、指にくっつけているうちは大丈夫だが、遠くに投げようとするとすぐに霧散《むさん》して消えてしまう。

「癒《いや》しの力とかが欲《ほ》しかったわ」

「聖女様のようにですか？　お嬢が聖女って……ぶっ」

失礼極《きわ》まりない！

半眼で睨《にら》んでいると、シドはスッと背筋を伸《の》ばしわざとらしく窓の外に目をやった。

私だって、実家がマフィアの娘が聖女だなんて無理があることくらいわかってる。でもまっとうに生きてきたんだから、せめてかっこいい転生チートスキルが欲しかった。

「どうせ私にできるのは、魔力を纏わせた素手《すで》で人をぶん殴《なぐ》ることくらいですよ」

「普通《ふつう》はそっちの方が難しいですからね？」

どうしてこんなストリートファイタースキルなんだろう。格闘家《かくとうか》でもあるまいし。だいたい体術は得意じゃないから、いくら素手を強化できても格闘家と戦ったら普通に負ける。できるのは、ふい討《う》ちのみ。どこまでも悪役の才能がある自分が切ないわ。

「あぁっ、思考が晴れない。もっと楽しいことを考えなくちゃ！」

「そうですよ、お嬢。学園ではきっといいことがありますって」

「本当に？」

「ええ、本当に」

シドがそう言うなら、そうかもしれない。私は満面の笑みで彼を見る。

「そうそう、お嬢のことなら俺がなんとかしますから」

お決まりのそのセリフを聞くと、いつもホッとする。

でも紫《スピネル》の魔導士なら私の従者をしなくても、世界各国から引く手あまたのはず。シドの場合、従者として私の暮らし全般《ぜんぱん》を支える以外にも護衛も兼《か》ねているとはいえ、これほど優秀《ゆうしゅう》な魔導士を私の専属として囲っておくのはもったいないだろう。

いくら私の亡き父に恩があるからって、いつまでも律儀《りちぎ》に仕えてくれるシドに申し訳ない気持ちもある。

「ねぇ、シドは私の従者でいいの？　まぁ、私みたいに高貴な美女に仕えられるなんてめったにない仕事だけれど」

「ソウデスネ、アリガタキシアワセデス」

全然心がこもってないわね⁉

ぷくっと頰《ほお》を膨《ふく》らませて拗《す》ねると、シドはくすりと笑った。

「俺はお嬢の犬なんで、ずっと飼われますよ」

「またそんなこと言って」

とんだイケメンすぎる犬だ。

「事実ですから。あなたのお父上が、どこにも行き場のなかった俺を拾ったんですよ」

あれはシドが八歳、私が五歳の頃《ころ》だった。

『お父様、可愛い犬が欲しい』

無邪気《むじゃき》におねだりした私は、まさか父が『犬っぽい少年』を連れて帰ってくるとは思わなかった。

あのときの衝撃《しょうげき》は、一生忘れられない。

『ヴィアラに飼えそうな犬がいなかったんだよね、だから犬っぽい子を拾ってきたんだ』

王城に行って、犬っぽい少年を拾ってくるって何？　今でもよくわからない。

シドがお城にいたのか、それとも道中にいたのか、連れてきた父はもう天国に行ってしまったから真実は不明。

あれから十一年、すくすく育ったシドは立派な魔導士に成長した。今の彼なら、魔導士協会の幹部を目指すことも、爵位《しゃくい》を得て新たに家を興《おこ》すこともできる。

それなのにシドは、未《いま》だに私のそばから離《はな》れない。

「本当に従者で満足しているの？　これからも、ずっと一緒にいてくれる……？」

「お嬢、いつになく弱気ですね～」

そう指摘《してき》され、思わず眉間《みけん》にシワが寄る。でも、私がシドに対して並々ならぬ愛情を持っているから仕方ない。

今はバロック殿下の婚約者だけれど、できることなら自由になった後はシドと恋人になりたい。欲を言えば結婚したい。

ただし、私たちの間には身分差があり、結婚までには幾《いく》つもの壁《かべ》が存在する。それこそ、殿下との婚約解消と同じくらい難易度が高い。

私の気持ちを知らないシドは、にっこり笑って言った。

「大丈夫ですよ！　ずっとそばにいます。だって従者と護衛を一人でするんで給金は二倍

もらえるし、ここほどメシがうまくて自由の利く仕事はないので、どこにも行きませ
ん！」
「そこは嘘《うそ》でも、お嬢についていきますって言いなさいよ！」
じとりとした目でシドを睨む。
「はーい、ついていきま～す」
「軽い！　軽いわ‼」
甘い言葉をかけてほしいなんて贅沢《ぜいたく》は言わないから、せめて忠誠心のある従者のふりを
してほしい。
なんだか悩《なや》んでいるのもバカらしくなり、にわか雨が降る窓の外をぼんやりと眺《なが》めた。
「私が間違《まちが》って殿下に惚《ほ》れたら、容赦《ようしゃ》なくぶん殴ってね？」
万が一、物語の強制力みたいなものがあったら……。ククリカがいないってことは多分
強制力なんてないんだろうけれど、私がおかしくなったらと思うとシドにお願いせずには
いられない。
「従者がお嬢を攻撃《こうげき》してどうするんですか？」
シドはあははと陽気な声を上げて笑った。どうやら、傍目《はため》に見ても私が殿下に惚れるの
はありえないらしい。顔だけはいいのにな。
こうして話ができたことで、前向きな気分になれた。

「よし、絶対に運命なんて変えてみせるわ！　私の人生は私のものよ‼」

両の拳《こぶし》を握《にぎ》り締め、ふんっと意気込む。するとシドは、ふいに手を伸ばして私の目元にそっと触《ふ》れた。

少しひんやりした風をかすかに感じる。

「その意気です、お嬢」

昨日名簿《めいぼ》を見てショックで泣いたから、まだ目元が赤かったのかも。優しく微笑《ほほえ》むシドに、つい見惚《みと》れてしまった。

「昨日、眠《ねむ》れませんでした？」

心配そうな声音《こわね》に、どきりと胸が高鳴る。

言われてみれば、睡眠《すいみん》時間は足りていても不安が胸に巣食って熟睡《じゅくすい》できなかった。

「大丈夫よ。いたって健康、問題なし！」

「本当に？　もう帰ってもいいんですよ？」

シドまでそんなことを言い出すなんて、お兄様と変わらないじゃない。私はふっと笑うと、彼の目をまっすぐに見つめて言った。

「帰らないわ。自分の人生のことだもの、がんばってみる」

大丈夫、シドがついていてくれるんだから私は負けない。

悪役ではなく普通の公爵令嬢として、学園生活をまっとうする。

私はそう決心した。


午前九時。私はとうとう、学園という名の決戦の地に降り立った。

にわか雨は上がり、雲の切れ間から光が降り注いでいる。

馬車から降りた私は公爵令嬢の仮面を被《かぶ》り、澄《す》ました顔で歩く。

シドは従者らしく私のすぐそばに控《ひか》えていて、その姿を見たご令嬢たちから「きゃあ」と黄色い悲鳴が起こった。

『シド様よ、素敵……！』

『あんなにかっこよくてしかも紫《スピネル》だなんて、ヴィアラ様が羨《うらや》ましいわ』

『もうどなたかとご婚約されているのかしら？』

ご令嬢たちの羨望《せんぼう》の眼差《まなざ》しが、全方位から突《つ》き刺《さ》さる。

なんなの、悪役令嬢の私より目立つなんてハイスペックすぎない⁉

不満げに目を眇《すが》めると、完全に外向きの笑顔《えがお》を向けられた。

「どうかなさいましたか？」

「うっ……！」

かっこいいぃぃぃ！　馬車の中でのだらけた姿とは全然違う。好き。

でもそんなこと思っている場合じゃない。朱《しゅ》に染まった頬を見られたくなくて、私はふいっと顔を逸《そ》らす。

「なんでもないわ。ただ、馬車じゃなくて魔導《まどう》スクーターで来ればよかったと思って」

「いや、お嬢。あれは街中では危険ですから」

シドが止めるのも無理はない。私が原付をイメージしてお兄様に作ってもらった魔導スクーターは、時速五十キロで浮いて進む魔法の乗り物だ。

魔力で動くので自給自足できるけれど、燃費がとても悪くシドやお兄様レベルの魔導士でないと気軽に運転できない。

でも、あれならシドと二人乗りで通学し、裏口から登校できた。

馬車を使って正面から来たから、シドをこんなに多くの学園生に見られてしまったことが悔《く》やまれる。

あぁ、でも私はマーカス公爵家の娘。淑女《しゅくじょ》の鑑《かがみ》として振《ふ》る舞《ま》わなくてはいけない。

「行くわよ」

「……シド」

注目を浴びる中、私は背筋を伸ばして颯爽《さっそう》と歩く。

「はい」

「甘いものに釣《つ》られて、女の子についていっちゃダメだからね？」

「行きませんよ、どんな従者ですかそれ」

わかってはいても、下級貴族や平民は自由恋愛《れんあい》が盛《さか》んだと知っているだけに心配してしまう。シドは私の嫉妬《しっと》心にはまったく気づかず、従者としての距離《きょり》感を保ったまま廊下《ろうか》を歩いた。

教室に入ると、さっそくご令嬢に囲まれている婚約者の姿を発見する。無視しておきたいけれど、一応挨拶《あいさつ》はしなくてはいけない。

「お嬢、がんばって」

「ええ。行ってくるわ」

見つめ合い、健闘《けんとう》を誓《ちか》う。

シドは中には入らず、私を教室に送り届けるとすぐに去っていった。学園内にある私専用の部屋で待機するのだ。

私は気合を入れ直し、公爵令嬢の仮面を被ってバロック殿下のもとへ静々と向かう。

サラッサラの赤髪《あかがみ》に、茶色い目の凛々《りり》しいイケメン。剣《けん》の鍛錬《たんれん》はサボりがちなのに、なぜかいい感じに引き締まっていてスタイルは抜群《ばつぐん》。

容姿だけは素晴《すば》らしい。むしろそれ以外に取《と》り柄《え》なんてない。

さっきから私に気づいているくせに「気づいてないよ」という顔が小憎《こにく》らしい！　この

まま頭突《ずつ》きでもしてやろうか、そんな考えが頭をよぎる。

でも、さすがにそんなことをしたら不敬罪で牢屋《ろうや》に直行してしまうだろうな。

私は渋々《しぶしぶ》、バロック殿下に声をかけた。

「殿下、お久しぶりでございます」

「あぁ。変わりないようだな」

襟のふちが金糸で飾《かざ》られた真っ白のブレザーを着た王子は、今日も麗《うるわ》しい。赤い髪が風になびき、見た目だけはさすが王族だ。

私を見ると、「婚約者だから仕方なく会話するよ」感たっぷりで挨拶を交《か》わす。

「これからは学園で毎日お会いできるなんて光栄ですわ」

口からすらすらと社交辞令が出てくるのは、公爵令嬢としての嗜《たしな》みなわけで。

「ふっ、そうだろう。たまになら昼食を一緒にとってもいいぞ」

「まぁ！　ふふふふふ……」

社交辞令を真に受けた王子は、昼食を一緒にとろうなんて珍《めずら》しいことを言った。

言葉だけ聞けば、婚約者を誘《さそ》う優しい王子かもしれないが、その両サイドには茶髪《ちゃぱつ》と金髪のご令嬢を侍《はべ》らせて、あろうことか彼女たちの肩を抱いている。

婚約者と話をする姿勢じゃないからね!?　仮にも恋愛小説のヒーローなんだからもうちょっと素行がよくないと。

だいたいこんな王子が次期国王だなんて、国の滅亡《めつぼう》フラグでしょ。いくらこの国が近隣《きんりん》諸国に比べて大国だからって、未来の国王がコレとは冗談《じょうだん》がきつい。

ご令嬢たちも、私という婚約者が目の前にいても一向に殿下から離れようとしない。殿下に寄り添うように身体を密着させ、モラルや品性なんてものは皆無《かいむ》に見える。

このまま殿下と付き合っていても、純潔を散らされて捨てられるだけだというのに、本当におめでたい人たちだと思う。

悪役令嬢のヴィアラなら、容赦なく彼女たちを蹴《け》散《ち》らして殿下を独占《どくせん》しようとするだろう。私は品行方正なお嬢様だから、大人の対応をしてみた。

「マリア嬢、ジゼル嬢、おはようございます。先日のパーティー以来ですね」

余裕《よゆう》の笑みで声をかければ、二人は明らかに動揺《どうよう》して困った顔になる。

「おはようございます」

「お久しぶりでございます。ヴィアラ様」

少し怯《おび》えた表情なのはなぜかしら？　私は普通に挨拶しただけなんだけれど。

彼女たちは目を伏《ふ》せ、黙《だま》り込んでしまった。どうやら、公爵令嬢である私から婚約者の座を奪《うば》うという覚悟《かくご》を持って殿下に近づいたわけではないみたい。

私としては牽制《けんせい》したつもりはまったくないのに、笑顔で挨拶したのが怖《こわ》かった!?

殿下はこの場に流れる微妙《びみょう》な空気には気づかず、尊大な態度で私に言った。

「その制服、なかなか似合っているぞ。わざわざその姿を見せに来たのか？」

「ご挨拶をと思っただけです。お褒めいただきありがとうございます」

私のことを、上から下まで舐《な》めるように見る目が気持ち悪い。

笑顔をキープするのがつらくなってくる。

「おまえも構ってほしいなら、素直《すなお》にそう言えばいいのに」

「まぁ、殿下ったらご冗談を～」

「ふんっ。おまえは相変わらず生意気だな。婚約者の私の名に恥《は》じぬよう、せいぜい勉学に励《はげ》むといい」

ここにお兄様がいたら「おまえが励め」って絶対に言うだろうな。あぁ、でもヘタレだから面と向かっては言えないか。

十六歳の誕生日を迎《むか》えてから、殿下からは何度か王子宮への誘いが来ている。それはつまり、より深い関係を望まれているということ。

私のことを好きでもなんでもないくせに、下心だけはあるなんて信じられない！

お兄様が「何をされるかわからないから」と誘いをすべて断ってくれたので、おかげさまで私は殿下のものにならずに暮らせている。

「殿下のお言葉に沿い、精一杯《せいいっぱい》がんばります」

反論してもいいことなんてないから、ここは黙ってさっさと下がろう。そうしよう。

「それでは失礼いたします」

くるっと振り返った私は、もう一秒たりともこの不埒《ふらち》な王子と関わりたくないという気持ちでいっぱいだった。

私が媚《こ》びへつらうことを期待していた殿下は、それを裏切られて射るような視線を向けてくるが、そんなことは知ったこっちゃない。

恋愛小説では「ちょっと女性関係が派手な王子」っていう設定だったはずなのに、ちょっとどころじゃないのはなんで⁉

久しぶりに会ったら、さらに悪化しているみたい。こんなことで、ヒロインと出会って改心するっていうストーリー展開はどうなるんだろう。今の殿下を愛の力でまっとうな青年に戻《もど》せるヒロインって、すごすぎない？

早くヒロインを発見して、学園に編入させなければ……！

私は悪役令嬢にならずに、ヒロインと殿下の恋《こい》を全力で応援《おうえん》して平和な婚約解消をするんだ。まだいける。まだ間に合う。

しかし数日後、私の目論見《もくろみ》はあっけなく崩《くず》れ去《さ》るのだった。

「お嬢、ククリカ・ラリー男爵《だんしゃく》令嬢が見つかりました」

「ホント⁉」

シドからの報告を受け、私は彼と二人で街へ出てきていた。

報告によると、ヒロインは王都の商業区で働いているらしい。

大通りから一歩入ったところには、小さな飲食店がひしめき合っていて、いい匂《にお》いが漂《ただよ》っている。ここは庶民《しょみん》の台所のような役割を果たしていて、朝と昼は特に賑わっているそうだ。

明るく楽しそうな雰囲気《ふんいき》に、私は自然に笑みが零《こぼ》れる。

「街へ出るのは久しぶりね」

「そうですね～。最近は入学準備で忙しかったですから」

貴族令嬢だとバレると大変なので、庶民の街娘を装《よそお》って簡素なワンピースを着ている。

臙脂《えんじ》色のワンピースにツバの広い帽子《ぼうし》を被った私は、公爵令嬢には見えないだろう。

シドはいつもの格好だけれど、紫《むらさき》のブローチを外して黒ぶちメガネをかけている。

やめて。私の乙女《おとめ》心をダイレクトに刺激《しげき》してくるのはやめて！　美形のメガネは、攻撃力無限大だから！

かっこよすぎて直視できないでいると、彼は呆れたように笑って私の手を取った。

「お嬢、ふらふらしていたら危ないですよ？　ほら、例の店はこっちです」

突然《とつぜん》手を握られ、私の心臓はバックンバックンと鳴り始める。

今日、私、死ぬ。

でもそんな私の緊張《きんちょう》なんて微塵《みじん》も気づいていないシドは、人波をうまく縫《ぬ》って歩いていった。

お目当ての店の近くに着くと、路地裏からこっそりと観察する。そこはお弁当屋さんで、小さなお店ではあるけれど温かい雰囲気だった。

「お嬢、いました。あの子です」

タイミングよく、一人の女性が店から出てくる。彼女は笑顔で手を振り、お客さんを見送っている。

私は壁からひょこっと顔を出し、シドの腕を両手で摑《つか》みながらその人を凝視《ぎょうし》した。

「あの子が？」

美しい金髪を安物のリボンで一つにまとめている女の子。小説のイラストと髪型《かみがた》は違うけれど、ヒロインだと一目でわかる。

ちょうど今は昼時で、次々とやってくる客を相手に笑顔で接している。「いらっしゃいませ！」という声は、高く澄んでいる。

「間違いないわ、ククリカ・ラリー男爵令嬢よ」

信じられない。ヒロイン、弁当売ってる‼　お父さんが働かなくて酒浸《さけびた》りで、家に借金

があるのはわかるけれど、あんなに小さな弁当屋さんで働いてどうにかなるの？

小説の内容通り、学園に入学して就職した方が稼《かせ》げるはず。いくら男爵令嬢っていう一番低い身分でも、学園に行かないなんて普通なら考えられない。

何が原因で、こんなことに……？

深刻な顔つきで考え込んでいたら、いつの間にかシドの腕を掴んでいた。

「痛い！　お嬢、痛いです」

「あ、ごめんなさい」

パッと手を離すと、シドは私が掴んでいた部分を一生懸命《いっしょうけんめい》に擦《さす》り始める。

痛がるシドに謝り、私は再びヒロインに視線を戻す。

「無理して働いている、って感じではなさそうね」

あの笑顔にはなんの憂《うれ》いもない。シドも私の見解に頷《うなず》き返す。

「ですね。楽しそうに見えます」

私たちは、しばらくヒロインが一生懸命に働くところを観察していた。

貧乏《びんぼう》だけれど、明るくて元気。その文句なしのヒロイン感に、つい声が漏《も》れる。

「可愛い……」

まるで、特殊効果がついているような神々《こうごう》しいオーラ。動くたびにふわりと揺れる金の髪。人懐《ひとなつ》っこい笑顔はまさにヒロイン。

私の呟《つぶや》きにも似た感想に、シドも同調する。

「確かに可愛いですね～。あまり下町では見ないくらいの美女っぷりで、近所でも評判らしいですよ」

腕組《うでぐ》みをして、彼女を眺めるシド。

私はじとりとした目で彼を睨む。

「へぇ、シドもククリカみたいな子が好みなの？」

清純派、清楚《せいそ》系が好きなんだ？

まぁ、みんな好きよね。私も好きだったもの、本の中のククリカのこと。胸のあたりがモヤモヤして、つい嫌味《いやみ》な聞き方をしてしまった。

シドはきょとんとした顔で即答《そくとう》する。

「え、美女は好きですよ。当然じゃないですか」

堂々とそんなことを言われると、私のモヤモヤがさらに膨らんでいく。

「そこは、お嬢の方が可愛いですって言うところよ」

私だって、シドに可愛いって思われたい。そんな無意味な競争心が湧《わ》き起こる。

「お嬢の方が可愛いです。一万倍可愛いです。世界一可愛いです」

「遅《おそ》っ、そして嘘くさい！　もういいわよ！」

拗ねた私は、ふいっと顔を逸らす。

するとシドは、笑いを堪《こら》えながら言った。

「お嬢は別格ですよ。比べるまでもありません」

唇《くちびる》を尖《とが》らせる私を見て、シドは困ったように笑う。

「本当ですよ？」

「どうだか」

私はシドが一番なのに、シドはそうじゃないの？

私たちは恋人でもなんでもないってわかっているのに、ヤキモチを妬《や》いてしまう。

「俺にとっては、お嬢は昔からずっと可愛いですって。機嫌《きげん》直してください」

そう言うと、シドは大きな手で私の頭をそっと撫《な》でた。

違うのよ、シド。その可愛いは、私が求めている「可愛い」じゃないの。

恋愛的な意味で可愛いって思われたいのに、こんな風に子ども扱《あつか》いされて頭を撫でられることすら喜んでしまう自分が情けない。

「仕方ないから許してあげる」

「それはどうも」

結局、私はいい感じに機嫌を取られてしまった。

シドは満足げに頷くと、ククリカの方へ向き直り「そろそろ行きますか」と合図をする。

そうよ、今日は覗《のぞ》き見《み》しに来たんじゃないわ。ククリカを説得して、なんとしても学園に編入してもらわなきゃ。

学費はうちが払《はら》っていいって、お兄様から許可をもらっているから、この計画に死角はない！

私の運命を変えるために、ヒロインの存在は必要なのよ！

「まずはさりげなく接触《せっしょく》するわ。お弁当を買いましょう」

「では、これを」

シドは、私に銅貨を何枚かくれた。

しまった、私ったら銀貨しか持っていなかった。お弁当を全部買《か》い占《し》められるくらいの金額だわ。

「いってきます！」

「え、俺も行きます！」

物陰《ものかげ》から飛び出した私を、シドが慌《あわ》てて追いかけてくる。再び手を摑まれて、心臓がドキンと跳《は》ねた。

「この距離とはいえ、迷子になったらどうするんですか⁉　それに、もし人攫《ひとさら》いに遭《あ》って犯人を殴り殺したらどうするんですか⁉」

ちょっと待て。殴り殺すこと前提ってどういうこと⁉

ひどい言われようだ。でも手を繋《つな》げるのは嬉しいから、ここはスルーしよう。

私はおとなしくシドに手を引かれ、いよいよヒロインに接近する。

「いらっしゃいませ！」

悪役令嬢が来店したのに、ククリカは笑顔を向ける。私の正体に気づいた様子はない。

「こちら、いただくわ」

木でできたボックスに詰《つ》められたおかずとパン。ボックスは使い捨てではなく、次回買うときはそれを洗って持ってきておかずを入れてもらうシステムらしい。

私は初めてなので、ボックスごとお弁当を購入《こうにゅう》した。

「ありがとうございます！」

「いい匂いね。楽しみだわ」

普通の客を装い、会話をする。

「そう言ってもらえて嬉しいです！　お弁当は私が作ったんです」

可愛い。金髪碧眼《へきがん》のヒロイン、お人形みたい。何よりその笑顔が素敵だと思った。

性格もいいのに、お弁当も作れるなんて……！　うちに就職してくれないかな、と関係ないことが頭をよぎる。

「ここはいつオープンしたの？　それに、あなたはいつからここで働いているのかしら？」

さりげなく、現在の状況《じょうきょう》を尋ねてみる。

「このお店は十年前からありましたよ？　ここは私の幼なじみがやっていたお店でして、私は一年前くらいからここで働いています」

「そう、もう一年も……」

学園に進学しないって、そんなに前に決めたんだ。

一年前に何かきっかけがあったのかしら？

私の身には特に大きな変化はなかったから、私が何かしたことでククリカの未来が変わったわけではなさそう。

一体なぜここで働いているの？　私の知らない間に、あなたに何があったの？

まだまだ聞きたいことがある私に対し、彼女はやはり『悪役令嬢』の来店に気づいた気配はまったくなく、明るい声で言った。

「はい！　ぜひまた来てください。毎日、おかずが変わりますから！」

ここで会話が終わってしまった。

次のお客さんがいたので、私はひとまずお店を出る。

大した収穫《しゅうかく》を得られなかった悔《くや》しさから、お弁当を持ったシドと一緒にヒロインを再び観察した。

ククリカは老若男女《ろうにゃくなんにょ》みんなに愛されていて、きびきびと働いている。ときおり奥から顔を出す青年は、店主だろうか。私たちと似たような年で、随分《ずいぶん》と若いなと思った。

ククリカは楽しそうに働いていて、ここには私が望む平穏《へいおん》があるように見える。

「とても、いい子ね」

「そうですね」

いいなぁ、羨ましい。そんな感情がふつふつとこみ上げてきた。

「さすがヒロインだわ。生きてるだけで悪役令嬢のメンタルを削《けず》ってくる」

「え、削られてるんですか⁉ 早すぎますよ、お嬢」

大きなため息を吐《つ》いた私は、がっくりと項垂《うなだ》れる。

「編入させるってことは、あの幸せを壊《こわ》すってことなのよね」

せっかく幸せに暮らしているのに、彼女を巻き込むのはいけないことなのかも。じわじわと罪悪感に駆《か》られる。

「まだ壊すと決まったわけでは……」

「同じことよ。そんなことをしたら、本当に私は悪役になっちゃうわ。自分が助かりたいからって、ククリカを不幸にしたいわけじゃないの。ククリカと殿下が幸せになってくれるなら、って期待したけれど、無理強《むりじ》いしたいわけじゃないのよ」

なんせ、バロック殿下って俺様だからね。

あれを更生《こうせい》させるって、ハイリスクハイリターンの極みじゃないかな。

「まぁ、ほかにも打つ手がないわけじゃないですからね。ククリカ・ラリーの編入は、婚約解消の手段の一つですから」

シドが慰《なぐさ》めてくれた。

「そうね……」

でもここで問題が発生する。

なんだか、とてもムカムカしてきたのだ。

「え、待って。ヒロインずるくない？　私がこんなに困っているのに、なんでいち早くこの運命から離脱《りだつ》しているの？　『一緒にシナリオから逃げませんか』って誘ってくれたらよかったのに」

「いや、今日が初対面ですよね⁉　誘えませんよね」

「だとしても、なんだか腹が立ってきたの！」

このままじゃ気が収まらない。私は立ち上がると、再びお店に向かった。

「あら？　お客様、どうかなさいました？」

ククリカは、私を見て驚《おどろ》きつつも笑顔を見せる。

何も知らずに接客して、悪役令嬢である私に気づきもしない。手の中に硬貨《こうか》をぎゅっと握り締めた私は、ククリカに告げた。

「……………お弁当、あと十個ください」

「ありがとうございます！」

ついてきたシドが不思議そうに私たちを交互《こうご》に見つめ、十個のお弁当を受け取った。

私はニヤッと意地悪い笑みを浮かべ、彼女の手に銀貨を五枚握らせる。

悔しいけれど、これが今できる最大の嫌がらせだ。

「お、お客様⁉」

ふふふ、動揺してる。そうだろう、売り値の何十倍ものお金を渡されたのだ。金持ちからの施《ほどこ》しを受け、悔し泣きすればいい！

「お釣りはいらないわ！　せいぜいがんばって人気店にすることね‼」

私はそう言い放ち、颯爽と立ち去った。純粋《じゅんすい》なヒロインはきっと多すぎる代金に悩むだろう。お金を返そうと思っても、私の正体は掴めない。

悪役令嬢の妬《ねた》み・嫉《そね》みを受け取るがいいわ！

「お客様っ！」

慌てた声で呼び止められるが、振り返らずに立ち去った。

「これが今できる最大の報復よ」

「お嬢、ただいっぱい金払っただけです！　なんの報復にもなっていませんよ！」

シドが叫《さけ》ぶ。でも私はしかめっ面《つら》で、歩き続けた。

さらば、ククリカ。幸せに暮らせ‼

このとき私は、もう二度と彼女に会うことはないと、そう思っていた。

邸《やしき》に戻ってきた私は、シドと一緒にサロンでお弁当を広げた。買いすぎた分は、後でお兄様やエルザにお裾分《すそわ》けしよう。

ヒロイン弁当(勝手に命名)は一体どんな中身が入っているのか。ふたを開けると、そこにはまさかのおかずが並んでいた。

「何これ、もしかして肉じゃがと卵焼き⁉」

この世界では初めて見た日本の味に愕然《がくぜん》とする。

まさかククリカ・ラリーも転生者なの⁉　そうとしか思えない！

「変わった料理ですね。異国の料理かなぁ」

シドは興味津々《きょうみしんしん》といった顔で覗き込む。

「これは、和食よ」

「お嬢がいつも言ってる夢の世界の？　あの味噌汁《みそしる》とかいうヤバイ味のするスープを生み出した国ですか？」

ヤバイ味とは、失礼な。この世界にも味噌や醤油《しょうゆ》はあるけれど、日本人とは味覚が違うのか一般《いっぱん》的にはあまり好まれておらず、珍味《ちんみ》扱いになっている。

シドは味噌汁が好きじゃないので、和食という言葉に警戒心《けいかいしん》を見せた。

「色は悪くないですね。刺激臭《しげきしゅう》もなし」

「あなた和食をなんだと思っているのよ」

「危険物です」

警戒中のシドは放っておき、私はフォークで卵焼きを刺し、躊躇《ためら》いなく口の中へ運んだ。

「んうっ!!」

だ、だし巻たまごぉぉぉ!?

このまろやかな昆布《こんぶ》だしの味わい……脳がうまいと叫んでいる。

目を閉じて堪能《たんのう》していると、シドもようやく口へ運んで「あ、うまい」と呟いていた。

「まさかだし巻きたまごが食べられるなんて……!　なんで今まで作ってみなかったのかしら。昆布と卵なら手に入るのに」

自分の過《あやま》ちに、愕然とする。

「うまいですね、これならイケます」

「私、昆布の乾物《かんぶつ》を取り寄せるわ。ラウッスー産昆布なら、隣《となり》の領地で採れるもの、すぐに手に入るはずよね」

ラウッスー産昆布はお高いけれど、マーカス公爵家ならお金持ちだから買い放題だ。それどころか工場を買収できる。よし、絶対にお取り寄せするぞ。

「肉じゃがもおいしいわ。本格和食ね」

あっという間におかずを平らげてしまった。

あぁ、この味を我が家の料理人が再現してくれないかな。

「お嬢？　どうしたんですか、ぼんやりして」

お弁当を完食したシドが、私の顔を覗き込む。

「なんでもないの。ただ、ククリカも転生者なんだなって確信したわ」

真剣《しんけん》な顔でそう告げると、シドも顎《あご》に手を当てて真剣に考え始める。

「ククリカ・ラリーも、お嬢の話す夢の世界のことを知っている……。彼女もお嬢と同じで未来視ができると……？」

こんなに和食を再現できるなんて、日本人としか思えない。

ククリカは、小説の世界だってわかっていて学園に入学しなかった？　それとも、ここが小説の世界だっていうことには気づいていない？

まだまだわからないことだらけだ。でも、日本人だってわかったら今度こそククリカと話をしてみたくなった。

当然、話をしたところで私がバロック殿下から逃げられるわけではないことは理解している。

もう一度会いに行きたい。二人でじっくり話がしたい。

その一方で、私の行動がきっかけで彼女の幸せが壊れたらと思うと、心のままに行動することは憚《はばか》られた。

「会いに行きますか？」

シドは、私の気持ちをすべてわかったようにそう問いかける。

私は少し悩んだ後、静かに首を横に振った。

「……………もういいの。ヒロインのことは忘れて婚約解消する別の作戦を考えるわ」

切《き》り替《か》えよう。巻き込んではいけない。

私はシドを連れ、参考文献《ぶんけん》を探しに書斎《しょさい》へと向かった。


学園に入学して、早三カ月。

ヒロイン不在のまま、日々は過ぎていった。

私は品行方正、成績優秀な悪役令嬢らしからぬ真面目な生徒だ。

ただし、殿下が更生する気配はまったくない。やはりヒロインがいないとダメなのだろうか？　自浄《じじょう》作用はないらしく、顔を合わせると何かと嫌味を言ってくる。

『おまえは本当におもしろみのない女だ』

『そろそろ私からの慈悲《じひ》が欲しくなっただろう？』

『王家に媚びを売りたいなら、もっと可愛げのある態度を取ったらどうなんだ』

もう慣れてしまい、挨拶にしか思えない。

それに、相変わらず女子生徒をいつも侍らせていて、一応は婚約者である私の前でも堂々としたものだ。

笑顔で対処している私は、自分で言うのもなんだけれどとても偉《えら》いと思う。でも……。

「はぁ……」

「ため息、出てますよ」

荒《すさ》んだ心を癒してくれるのは、毎日一緒にいてくれるシドとのひととき。お昼はだいたい、シドと一緒に学園の校舎裏でのんびりと過ごしている。

授業を受けている間、従者や護衛は基本的に専用の部屋で待機しているか、一度邸に戻るかしているのだが、休み時間には共に行動することが許されているのだ。

カフェテラスに行ってもいいんだけれど、殿下とばったり会うなんてことになったら私の平和が乱れてしまう。

殿下はシドを見ると「公爵家の犬が目障《めざわ》りだ」とか「平民がいると空気がまずい」とか、こちらが不快に思うことばかり言ってくるのだ。

理由は単純で、シドの魔導士の階級が紫《スピネル》だから。殿下自身は赤《ルベライト》止まりでそれを不満に思っていて、でも努力はしたくないからシドを見ると「なんでおまえが」とイライラするみたい。

シドは笑って受け流しているけれど、私の方が聞くに堪《た》えなくて……。

カフェテラスの方がおいしい食事はあるけれど、殿下に遭遇《そうぐう》するくらいなら芝生《しばふ》の上に厚手の敷物《しきもの》を敷《し》いて、シドと二人でピクニック気分で過ごす方がよほどいい。

「ねえ、紫《スピネル》なら魔法で殿下を改心させられるんじゃないの？」

私は隣をちらりと見て、ふと思ったことを口にした。無茶振《むちゃぶ》りだという自覚はあるけれど、尋ねずにはいられない。

「そんな都合のいい魔法があったら、もう使ってますって」

シドは、苦笑いでそう答える。

「たとえば精神を操作するような魔法とか、心を浄化《じょうか》する魔法とかは？」

「んー、人の精神に関与《かんよ》する魔法は、すべて闇魔法ですからね。かけられた方もかけた方もけっこうな代償《だいしょう》が必要になります。呪術《じゅじゅつ》系の神具を使えば可能でしょうが、かけたらかけたで術者《俺》が力を吸われて死にます」

「それは困る！」

驚いて目を丸くする私を、シドは優しい笑みで見つめた。

「大丈夫です、きっとなんとかなりますって」

「だといいんだけれど」

「俺は殺《や》ればできる子なんで」

「そのヤるって、具体的には何をする気なのよ」

シドはニコニコするだけで、明確な答えを寄越《よこ》さない。

二回目、三回目のため息をどうにか引っ込め、早起きして厨房《ちゅうぼう》で私が自ら作ってきた昼食をバスケットから取り出す。

「はい、今日はローストビーフのサンドよ」

「お嬢、なんで俺は毎日餌付《えづ》けされてるんですか？」

「あら、いらない？」

「いります。すっごく腹減ってます」

おいしいものを食べさせて、好きになってもらおうとは……ちょっとだけ思っている。

シェフからは「おっしゃってくだされば作りますから」と言われているけれど、和食の味をミックスしたおいしい食べ物を作って、シドを喜ばせたいのだ。

「あ、ハニーマスタードの風味がいいですね～」

「わかる？　ソースを改良してみたの！」

あぁ、もぐもぐと食べるシドの様子を眺めるだけで癒される。

うっとりとその姿を見つめていると、ふと何かに気づいたシドが突然こちらを向いた。

「あ、ヴィー様」

珍しくシドが私の名前を呼ぶ。どきりとして、すぐに反応できずにいると彼の顔がとても近い位置にあった。

「なっ……」

驚いてぎゅっと目を瞑《つぶ》ると、私の手の中にあったローストビーフサンドがスッと引き抜《ぬ》かれる。

「食べないんならもらいまーす」

「はぁぁ!?」

主人のお昼を奪うってどういうこと!? まだバスケットにたくさんあるのに！

不可解な行動に眉根《まゆね》を寄せると、サンドウィッチを口にしたシドが片方の目を瞑って苦しげな顔になった。

「やっぱり。マスタードがこっちに偏《かたよ》ってます。お嬢はそっちの大丈夫そうなのを食べてください」

「うっ！」

胸が苦しい！ 私のために、わざとマスタードの多い方を取ってくれたんだ!!

こういう優しいところが好き！ と思いつつも自分の料理の詰めの甘さを反省する。

「お嬢？ 食が進みませんか？ ほら、おいしいですよ？」

そう言って、パンを私の口元に近づけてくる。

こんなシチュエーションを逃《のが》すわけにはいかない。勢いよくパクッとかぶりつくと、シドは嬉しそうに笑った。

「ちゃんと食べないと身体がもちませんよ？」

今危険なのは、身体じゃなく私の恋心《こいごころ》だ。

でもこんなところを誰《だれ》かに見られでもしたら……。残念だけれど、私は彼の手からそれを受け取って、続きは自分で食べた。王子の婚約者である以上、こちらに不貞疑惑《ふていぎわく》が浮《ふ》上《じょう》することは避《さ》けたい。

あくまで穏便に、平穏な婚約解消がしたいから。

隣に座るシドとの距離は、今日も一人分空いている。普通の従者とお嬢様よりは近いけれど、寄《よ》り添うことも叶《かな》わない関係がもどかしい。

従者のシドとは、どう考えても結婚なんてできるはずはないってわかっているけれど、それでも好きな気持ちは消せなかった。

「お嬢、俺のことは気にせずに、ご友人とカフェテラスでお食事なさっていいんですよ？」

シドは友人ができない私のことを心配して、そんなことを言う。

前世の私ならともかく、公爵令嬢であり王子の婚約者という身分の暴力がすごい私に、友人なんてできる気がしない。

しかも、授業時以外はシドが従者兼《けん》護衛として張り付いているのだ。そんな私に気さくに声をかける人がいたら、国民栄誉《えいよ》賞を差し上げたい。

「私が友人とランチなんてしていたら、シドが寂しいでしょう？」

シドは控えめに微笑むと、残りのサンドウィッチに手を伸ばした。

私としては、学園で友人ができなくても構わない。シドがいればそれでいい。

好きになればなるほど、二人の身分差がなければと想像せずにはいられなかった。

彼は涼《すず》しい顔でお茶を淹《い》れ、カップを差し出してくる。

それを受け取った私は、彼の紅《あか》い目を見つめ尋ねた。

「ねぇ、もしも、私が……普通の街娘だったらどうする？」

「お嬢が普通の街娘？」

シドと身分差がなく、なんの障害もない普通の女の子だったなら。

しばらく悩んだ後、シドは真剣な顔で答えた。

「お嬢が普通だったことはありませんから、普通の街娘は無理かと」

「はぁぁぁぁん⁉　表出なさいよ、コノヤロー！」

「もう表に出ています」

「あぁ言えばこう言うー！」

シドはどこまでもシドだった。

心地《ここち》いい風《ふ》が吹き抜ける校舎裏で、私はしばらくぼんやりとして過ごす。まるで悩みなんて何もないかのような平和な時間だった。

「…………何？」

ふと視線に気づいて隣を見れば、シドがじっとこちらを見ている。

「綺麗な髪だなと思って」

穏《おだ》やかな笑み。なんの下心も感じさせない、ただの感想のようにそう言われただけなのにどきりとした。

「えっと、あの、その…………いる？」

「発想がホラー！」

なんなら髪だけじゃなく、本体《わたし》ごともらってほしいところだ。ただし、シドは遺髪《いはつ》のように受け取ってしまったみたい。

淡い水色《アイスブルー》の髪を、無意識に指に絡《から》めて気を紛《まぎ》らわせる。

こんな風にシドと二人でずっと生きていけたらなぁ、と思った。

「ずっとこうしていたいわ」

ついそんな言葉が口から漏れる。

「え、ダメですよ。授業が始まります」

意味が伝わっていない。私はシドと一緒にいたいっていう意味で言ったのに。決して裏庭にずっといたいという意味ではない。

普段は勘《かん》がよすぎるくらいに私の気持ちを察してくれるくせに、こういう乙女心は気づいてくれないんだから！

もういいや、と諦《あきら》めて遠い目をしていると、シドの呟くような声が聞こえてくる。

「ずっとこうしていたい、か……」

その声色《こわいろ》がいつもと違って切なげで、思わずシドの方を見るが、彼は首を傾《かし》げて「何か？」と無言で尋ねてくる。

シドは、私のことをどう思っているんだろう？　大切にしてくれているのはわかるけれど、それは従者として？　それとも——

恋をするのが、こんなにももどかしくて苦しいものだったとは思わなかった。

そばにいたらドキドキするし、いなければどこにいるのかと気になって仕方がないし、シドの一挙一動に心を乱されては喜んだり嘆《なげ》いたり、恋をすると何もかもがその人中心になってしまう。

恋の力ってすごい。まるで洗脳ね。そう思ったとき、私はふと閃《ひらめ》く。

「恋だわ、そうよ、恋よ」

「へ？　恋がどうしたんです？」

私は勢いよくシドに迫《せま》って言った。

「恋よ！　殿下が本気の恋をするように、誰か相手を差し向ければいいのよ！」

名案だ、そう思った私は急いで対策を練ることにした。

私は学園から帰ってすぐ、シドとエルザをマーカス公爵家のサロンに集めた。「殿下誘《ゆう》惑《わく》作戦」の会議を行うためである。

相手がヒロインでなくても、数打ちゃ当たるじゃないけれど、誰か殿下と本気で恋に落ちる人が現れるかもしれない。

そうなると、きっとあの俺様殿下のことだから私との婚約は何がなんでも解消しようと動くはず。国王陛下と王妃《おうひ》様も殿下には甘いから、きっと願いを叶えようとするわ！

まずは現状を把握《はあく》しなくては。

シドは私のために最高級茶葉でミルクティーを淹れ、ドライフルーツを使ったパイも用意してくれた。そして、一枚の報告書を取り出し、殿下の周辺調査について報告を始める。

「入学して三カ月経《た》ちますが、お嬢もご存じのように殿下はお気に入りの令嬢を侍らせて勉学や剣、魔法の習得は疎《おろそ》かになっています。それに、ここ一カ月は特に行動が大胆《だいたん》になっていて、ご令嬢方や侍女《じじょ》、メイドを王子宮の部屋に入れているとのこと」

女好きだとは思っていたけれど、すでに複数の相手と男女の仲になっていた。

イケメンだから許される域をとっくに超《こ》えている！

「大変です、アホが加速しています」

報告書には、もっと詳《くわ》しく書かれているのだろう。シドはそれをぐしゃっと握り潰《つぶ》した。

「その報告書は燃やしていいわ。これ以上は必要ないから」

別にヤキモチを妬いているわけではない。

呆れて物も言えないとはこのことで、十六歳でこれならこの先どうなるんだろうと他人《ひと》事《ごと》のように思うだけ。まぁ、実際他人だしね。

とはいえ、殿下が誰かと恋に落ちてくれたらこっちとしては万々歳《ばんばんざい》である。

期待半分で私は尋ねる。

「で、本命はいそうなの？」

「いや、全員遊びですね。一度きりの関係で、それも絶対に文句を言えないような身分の相手を選んでいます。そこだけは考えているみたいです」

そんな殿下の婚約者なんて今すぐやめたい。

「早く本命を見つけてくれたらいいのに」

そして婚約解消を申し出て！　すぐに書類を用意するから！

シドは手のひらからポンと炎《ほのお》を出すと、報告書を燃やした。

「お嬢様、学園に通うそれなりの身分のお相手で、野心に溢《あふ》れた美女を探しましょう。シド、例のものを」

エルザがシドに向かって視線を投げると、彼はローブの内側からスッと一枚の紙を取り出す。

「殿下の婚約者になれそうな身分で、しかも美女となれば候補者は四人です」

「早っ！　もう調査済みなのね⁉」

シドが言うには、私が入学する際に学園全員の身元や素行を調査済みだとか。過保護なお兄様が、私を害する者がいないか調べて目を光らせるように指示していたのだ。

「すでに殿下に接触しているご令嬢方は、いずれも下級貴族の娘たちです。まともな家柄《いえがら》のご令嬢は殿下の女好きの噂《うわさ》を耳にしているので近づく気配がありません」

本気で殿下を誘惑するなら、家同士の争いにもなる。そうなると、マーカス公爵家に対《たい》抗《こう》しようなんて家は現れなくても仕方がない。

高位貴族なら、うちが暗部を持っていることは誰でも知っている。敵に回すと家ごと潰されかねないと思っているのだろう。

あいにく、どんどん誘惑して奪ってほしいと思っているから、潰すどころか全面的にバックアップする気満々なんだけれど。

「私が近づいて仕留めてもいいんですけれど、お嬢様のメイドなので顔が割れていますからお役に立てそうにありませんわ」

エルザが右手を頰に当て、申し訳なさそうに目を伏せて言った。

「その仕留めるっていう意味は、恋愛的なことじゃないわよね？」

「あら、存在を抹消《まっしょう》する以外に何が？」

ダメだ。うちのメイドが好戦的すぎる。

エルザはシドの魔法の師匠であるグラート・ロベルタ様の娘で、魔法はそれほど使えないが剣も体術も身に着けている。

本気で王子を亡き者にしようとしたら、できてしまいそうだから怖い。

残念ながら、あれでもローゼリア王国で唯一《ゆいいつ》の王子なので死なせるわけにはいかないのよね。エルザが本当に行動に移そうとしたら、不本意すぎるが止めなくちゃ……。

私は気を取り直し、シドに告げる。

「とにかく、高位貴族の娘で王太子妃《ひ》になりたい人がいないか知りたいわ。学園のサロンでお茶会を開いて、その四人を招待すれば何かわかるかも。彼女たちの誰かが、殿下を狙《ねら》ってくれるならこれほど早く話が進むことはないんだし」

ヒロインは男爵令嬢で身分が低いから、殿下と結ばれるまでにたくさんの試練がある。

でも高位貴族の娘なら、私と婚約者を代わっても身分的な問題はなく話が早いはず。

「あら、この子は誰？　アネット・リドリー伯爵《はくしゃく》令嬢って聞いたことがないわね」

シドに渡されたリストを見ると、三人は知っている名前だったが一人は顔が浮かばない人物だった。

「分家だからでは？　本家にも同い年の娘がいるから、殿下が幼少期に婚約者を選ぶ際には本家の娘が候補者に上がっていて、彼女は除外されたのでしょう」

王太子妃候補となれば、普通はどの家も候補者を立てたがる。けれど、本家と分家、同じ派閥《はばつ》の親戚《しんせき》筋に有力な娘がいれば、優先されるのは本家の娘だ。

「けっこう野心家だそうで、名のある貴族家のご子息と懇意《こんい》になりたがっていると。しかも殿下が好きそうな巨乳《きょにゅう》美女です」

「それは期待できそうだわ！」

私はパァッと表情を輝かせる。

彼女は家柄がすごくいいとは言えないけれど、殿下との結婚に異論は出ないだろう。アネット・リドリー伯爵令嬢には、ぜひともがんばってもらいたい。

「ドレスサロンの予約を押さえた方がいいかしら。ウエディングドレスの製作を、アネット様のサイズで始めたいわ」

「お嬢、早すぎます」

善は急げ、というのに。さすがにこれは早すぎたらしく、シドからストップがかかる。

「まずは、お茶会の招待状を用意いたしましょう」

「よろしくね、エルザ」

「必ずや、成功させましょうね。お嬢様」

ちょっと光が見えてきた！

しかし、エルザが部屋を出ようとしたそのとき、ノックもなしにバタンと扉《とびら》が大きく開いてお兄様が突入《とつにゅう》してきた。

「話は聞かせてもらったぞ、ヴィアラ」

「え、盗《ぬす》み聞《ぎ》きですか？」

金髪を右手でさらっとかき上げ、かっこよく登場したつもりなんだろうけれど、やっていることはただの盗聴《とうちょう》行為《こうい》だ。

けれどお兄様は、自信満々に言う。

「殿下に差し向ける美女は、タイプが複数いた方が騙《だま》せる確率が上がるはずだ。お兄様が協力しよう」

以前から、殿下の素行不良について報告していたけれど、お兄様は本気で婚約解消に乗り出すつもりらしい。

公爵家当主としては、家のために妹を王太子妃にと思っても仕方ないのに、本当にありがたいと思った。でも、協力しようと言われても不安しかない。

「人見知りで人付き合いが苦手なお兄様に、殿下の誘惑を手伝ってくれるような女性の友人がいるんですか？　女性をデートどころかダンスにも誘えない、目を見て話すこともできないお兄様に女性のお友だちが？」

そんな人がいるのなら、紹介《しょうかい》してくれればよかったのに。

心底驚いていると、お兄様はぐっと顔を顰《しか》めた。

「ヴィアラ、もう少し言葉を絹にでも包んでから放ってくれないかな⁉」

それはすみません、と私が微笑むと、お兄様は大きな声でその友人とやらを呼んだ。

「さぁ、協力してくれるのはこいつらだ！」

お兄様に強制召喚《しょうかん》された面々は、うちの若い衆《わかしゅう》だった。

「えーっと、お兄様。仮装パーティーでも開くおつもりですか？」

見知った顔の男三人が、女装して死んだ魚の目をして立っている。

男‼　全員、男ですけれど‼

しかも女子生徒の制服を着用し、カツラを被って化粧《けしょう》もして、全力を尽《つ》くした感じがする。いつの間に制服を用意したの⁉

唖然《あぜん》とする私の隣で、シドが冷静に言った。

「えー、せっかくですが、ロッソはちょっと年上すぎます。四十代のおっさんは、さすがの殿下も逃げるんじゃ」

「シド、そこじゃない。問題は年齢《ねんれい》じゃないわ、全部よ」

髭面《ひげづら》の強面《こわもて》が、金髪のふわふわウェーブのカツラを着けている。この姿に騙される人なんている⁉

「で、従僕見習《じゅうぼく》いのショーンはいったん無視しようか」

「……ですよね」

ショーンは、二十歳《はたち》の正統派イケメンである。でも、顔が濃《こ》いから化粧映《ば》えしすぎて、劇団の喜劇俳優みたいになっていた。

「イーサン様がどうしてもって……。無理あるなぁと思ったんですけれど、お嬢の役に立つならって一応やってみました」

真っ赤な口紅がなんだか切ない。

「私のためにありがとう。でもそのチャレンジ精神は、また別のところで使ってくれるかしら？」

無理あるなって自覚があってよかったわ。

呆れて目を細める私の隣で、シドは冷めた目を最後の一人に向ける。

「それで、ゾルドは泣くほど嫌なら断れよ」

十六歳の護衛騎士《きし》のゾルドがうるうる涙目《なみだめ》になっていたので、シドがため息交じりにそう言った。小柄《こがら》だけれど、腕が逞《たくま》しすぎて制服の袖《そで》がピチピチだ。

「うっ……！　俺が一番完成度高いって思っていたのに、お嬢やエルザさんを見たら、俺のこの姿はただの変態だなって気づきました。やるからには完成度を上げたかったのに」

「あぁ、もう泣かないで」

こんなところで負けず嫌《ぎら》いを発揮しなくていいのに。孤児《こじ》だったゾルドは二歳からうちにいて、同い年の私にとっては親戚の少年みたいな感覚である。

「お嬢、お役に立てずすみません」

いや、これ完全にお兄様が悪いから。私は呆れて苦笑いになりつつも、ゾルドの前に行ってその頭をわしゃわしゃと撫でた。

「気持ちは伝わったから。ありがとう、そしてお兄様がごめんなさいね」

しかし、ゾルドの頭を撫でていた私の手をシドが突然摑み、珍しく厳しい声を上げる。

「泣くぐらいならやらなくていい！　甘えんな！」

「シド⁉　なんでいきなり怒《おこ》っているの⁉　これはお兄様が無理やり」

「イーサン様はお嬢のことになると頭がおかしくなるんだから、まともに引き受けるなっていつも言ってるだろう！」

え、そんな指導をしているの？　お兄様と私以外は納得顔で頷いているってどうなのよ。

「お兄様だって、ヴィアラの役に立ちたいんだ」

「ありがたいですが、方向性が間違っています」

「こうなったら魔力砲《まりょくほう》を城にぶち込んで……！」

「絶対にやめてください」

魔力砲は私の思いつきをお兄様が形にした、大砲《たいほう》っぽい武器である。マーカス公爵家から城までは射程距離圏内《けんない》だ。

こんな危険なものを開発したなんてことは王家には秘密である。

もともとは、海辺に出てくる巨大《きょだい》なタコの魔物《まもの》を退治してタコ焼きパーティーをするための武器製作だったんだけれど、お兄様が私に褒められたくて威力《いりょく》をどんどん高めちゃったんだよね。

王家にバレたらクーデターでも起こすつもりなのかと、疑われるに違いない。

「そんな物騒《ぶっそう》なことをしたくないから、対策を練っているんです」

ため息を吐いた私に、エルザがスッと右手を上げて発言した。

「あの、私考えたんですが……少々お待ちください」

エルザはそう言うと、お兄様の首根っこを摑んで私の衣装《いしょう》部屋へと連行する。

「おいっ！　勝手に服を脱《ぬ》がすな!!」

「お静かに。裸《はだか》で外に吊《つ》るしますよ」

扉の向こうから声が聞こえるが、メイドの方が当主より強いって不思議だわ。

待っていると、ものの数分で二人は再び私たちの前へ戻ってきた。

「これでどうでしょう？」

扉の前には、金髪に銀色の瞳の美女がいた。私の持っている衣装の中では一番ゆったりとしたピンク色のドレスを纏っている。

おもいっきりお兄様なんだけれど、とんでもない美女に仕上がっていた。

「すごいわ、これなら殿下も」

　完成度の高さに、私はうっかりその気になりそうになる。

「騙せませんって！　殿下と同じ身長ですよ？」

　シドは冷静だった。

　そうよね、百八十五センチの美女が学園にいたら、さすがに目立つからすでに殿下の目に留まっているはずだ。諦めの悪い私は、ちらりと上目遣《うわめづか》いでシドに尋ねる。

「魔法で身長を縮めるのは無理？」

「さすがにそれはできません」

　シドでも無理なのか……。魔法は万能《ばんのう》ではなかった。

「ヴィアラの役に立てるなら、と思ったんだが」

　伏し目がちに悔しがるお兄様は、儚《はかな》げで本当に美しい。顔だけ見ると、誰もが振り返る美女だった。

　悔しい！　私だって転生者特典なのか容姿チートのはずなのに‼

　ちょっとムッとしてしまう。

「私が霞《かす》むくらいの変貌《へんぼう》を遂《と》げるのやめてくれません⁉」

　お兄様は、それを評価されたと受け取って満足げに頷《と》く。

「そんなに綺麗か。よし、愛する妹のために身命を賭して殿下を騙そう」

だから、無理だって。いくらなんでも騙せない。

「お兄様、本当にやろうとしないでください」

「いや、だって美人だろう？　亡き母上に似ていると思うんだ」

だとしても、お兄様自らが殿下を誘惑するなんてとんでもない。

「とにかく、殿下誘惑作戦はご令嬢方の出方を探ってなんとかします。女装は要《い》りません！　はい、エルザ、ナイフを研《と》がない！　殺傷も厳禁よ!!」

揃いも揃ってやることが極端《きょくたん》なのはなぜ!?　相手は王家なんだから、なるべく穏便に婚約解消しなきゃダメですよ！　殺《や》る気を出しちゃダメ！

お兄様たちには自分の仕事場にお帰りいただき、私はさっそく準備を始めた。

第二章　キャスティングから見直します

天は二物を与《あた》えずとはよく言ったもので、神様はバロック殿下《でんか》に美しい容姿以外の才能は与えてくれなかったらしい。

唯一《ゆいいつ》の王子ということで素晴《すば》らしい教育係を揃《そろ》えられてきた殿下だったが、学問も剣術《けんじゅつ》も魔法《まほう》もいまいちな成績だと入学してしばらくすると周囲にバレ始めた。

何をやっても中の下。これが普通《ふつう》の貴族令息であれば、問題なく生きていけるだろう。けれど、彼は王子でありしかも王太子。中の下でいいわけがない。

特に、魔法は才能に努力を掛け算《かざん》して磨《みが》かれていくので、バロック殿下が未《いま》だに赤《ルベライト》なのは、王家の遺伝子に甘えて訓練をサボっていることを証明していた。

せめて座学だけでも高いレベルで教養を身に着けてもらいたいところだが、あいにく殿下が不真面目なのはいつものことで——。

今は、歴史の授業中。先生の質問に答えられなかった殿下が、恥《はじ》をかかされたと激昂《げきこう》している真っ最中である。

「誰《だれ》に向かって口を利《き》いている！　私がいるここで教鞭《きょうべん》をとれることを誉《ほま》れと思え！」

今日も殿下は高圧的である。授業中だというのに、教師を威圧《いあつ》したらダメだろう。

殿下は自分の理解力のなさを棚《たな》に上げ、教師が悪いとでもいう風に睨《にら》んでいた。

彼の周りはどんな暴言も愚行《ぐこう》も肯定《こうてい》する取り巻きばかりだし、先生だって権力をちらつかせられると強く出られない。

ここはすべての生徒が平等な学《まな》び舎《や》とされていても、それはただの理想であって建前。

結局は権力が物を言うんだな、と殿下のそばにいると実感してしまう。

「殿下、もうそのあたりでどうか……」

教師に謝罪させるバロック殿下に、私は婚約者《こんやくしゃ》として仕方なく声をかける。

殿下に何か言えるのは、マーカス公爵《こうしゃく》家という王家に次ぐ家柄《いえがら》と、婚約者というブランドに守られた私だけ。

とはいえ、私が諫《いさ》めたところで殿下が聞き入れるわけもない。

「おまえは黙《だま》っていろ。この不心得者を処分しなくては」

不心得者はあなたです、と言いたいところだがここはグッと堪《こら》えて機嫌《きげん》を取る。

「殿下、先生方はこれまで普通の生徒を教えてきたのです。殿下のような方は初めてですので、どうかお許しを」

はい、殿下のようなおバカさんは教えたことがないのですよ。

まさかローゼリア王国の歴史の授業で、王家の歴史を王族である王子が理解していない

って思うわけないよね⁉

私もびっくりしたわ、まさか初代国王の偉業《いぎょう》を知らないなんて！

先生がチャンス問題みたいな感じでせっかく花を持たせてくれたのに、想像を絶する展開になってこの場にいた全員の血の気が引いた。

「ふん、もういい。時間の無駄《むだ》だ」

殿下がそう言って教室を出ていったことで、全員がホッと安堵《あんど》の息を吐《つ》く。

「マーカス公爵令嬢《れいじょう》、ありがとうございました」

「いえ、先生。殿下が失礼を……」

バロック殿下の悪行は増すばかりで、授業中に問題を起こすのはこれまでも何度かあった。それに、女子生徒を侍《はべ》らすだけでなく、取り巻きの男子に問答無用で暴力を振《ふ》るうこともある。

そしてその苦情は、もれなく婚約者である私の元に寄せられた。すごく迷惑《めいわく》‼

完全に無視はできないので、たまに注意はするのだけれど「そんなに私の気を引きたいのかヴィアラ」と妄言《もうげん》が激しいので、もうお手上げ状態だ。

学園に入学してからますます傲慢《ごうまん》になっていく彼を、誰も止めることはできなかった。

あぁ、早く真実の愛に目覚めて、更生《こうせい》してほしい。

私は殿下誘惑《ゆうわく》作戦のために、全力を尽《つ》くすことを誓《ちか》った。

ところが、この日の午後、学園のカフェテラスで本を読んでいた私の前にバロック殿下がやってきた。

「あら、殿下。どうなさいました？」

今日は女子生徒を連れていないので、私は目を丸くする。

「別に。父上が、ヴィアラの機嫌を取っておけと言うのでな」

当然のように私の向かい側に座った殿下は、不満げな顔つきだ。

陛下は殿下と私との関係がよくないことに今さら気づき、機嫌を取れと命じたらしい。

私に婚約者でいてほしい理由は、王妃《おうひ》様の場合は殿下を支えてほしいからで、陛下の場合はマーカス公爵家の力を借りたいから。

自分の息子《むすこ》が顔だけはいいことを知っているので、頻繁《ひんぱん》に私と殿下を会わせていれば繋《つな》ぎ止《と》められるとでも思っているのかしら？

「こうして茶を飲む時間を取ってやったことを感謝するがいい」

誰かこの人の頭を、スパーンと叩《たた》いてやってくれないかな⁉

私は怒《いか》りを堪え、作り笑いで言った。

「恐《おそ》れ多《おお》いことですわ。殿下の貴重なお時間は、殿下を慕《した》う皆様《みなさま》のために使ってください。私は一人でも大丈夫《だいじょうぶ》ですから」

ええ、私はあなたを慕っていませんからね。

殿下は「そうか」と言って、満足げに口角を上げた。でも立ち上がる気配はなく、このままお茶をするつもりに見える。

「最近、おまえと話をしていないと思ってな。思い出してもらえて光栄だろう」

「ソウデスネ」

思わず棒読みになる。どこまでも傲慢で、自分勝手だ。見た目だけはイケメンだから、もういっそ彫刻《ちょうこく》にでもなればいいのでは？

それにしても、こんな横暴な性格がヒロインに出会ったら改心するなんて、小説のククリカは本当にすごい……。もう彼女の手を借りられないことが残念でならない。

殿下って、ククリカと出会ったら「これは!?」という運命を感じるのかしら？

もしかして、ククリカほど夢中になれる相手が見つからないから、殿下は複数の女子生徒を侍らせているの？

疑問が深まった私は、バロック殿下にそれとなく尋《たず》ねる。

「つかぬことをお伺《うかが》いしますが、殿下はどのような女性がお好みですか？　可愛《かわい》い系とか、清楚《せいそ》系とか、いかにも純真無垢《むく》な女性がお好みでしょうか？」

好みがわかれば、対策も取りやすい。

婚約者候補になりそうな令嬢を説得して、なんとか殿下に近づけようとしているけれど、もしかするとククリカ・ラリーでないといけないなんてことがあるの？

私の質問に、殿下は何をどう勘違《かんちが》いしたのか斜《なな》め上の返事を寄越《よこ》した。

「清楚に見えるように、前髪《まえがみ》を切ったのか？　私に好かれたくて」

勘違いが甚《はなは》だしい。にやりと口角を上げた顔が悦《えつ》に入《い》っていてぞわっとする。

私は即座《そくざ》に否定した。

「違います」

しかし殿下は、私をバカにするように意地悪く笑う。

「安心しろ、私はおまえの容姿だけは気に入っている。それなりに美しいからな。正妃《せいひ》にしてやってもいいくらいの見栄《みば》えだとは思っているぞ」

いやぁぁぁ!!　気に入られたくない!!

「ご冗談《じょうだん》を」

あはは、と引《ひ》き攣《つ》った笑《え》みを浮《う》かべると、殿下はあろうことか、本を持っていた私の手を握《にぎ》ってきた。

「ようやく素直《すなお》になったか」

ありえない。なぜ私が殿下を好きなことが前提なの!?

指で手《て》の甲《こう》を撫《な》でられ、背筋が凍《こお》りそうになる。

「仕方ない、おまえのこともたまには相手にしてやろう」

鳥肌《とりはだ》が立ち、私は急いでその手を引っこ抜《ぬ》いた。

さすがにカフェテラスで何かあるとは思えないけれど、今すぐ殿下から逃《に》げたくなった。

「し、失礼いたします！　急ぎの用事を思い出しました‼」

「おいっ」

私は本をテーブルに置いたまま、慌《あわ》ててその場から逃走《とうそう》する。

「ヴィアラ！」

カフェテラスを出て、私は早歩きで廊下《ろうか》を進む。

カツカツと高い靴音《くつおと》が響《ひび》き、もう礼儀《れいぎ》作法や貴族令嬢らしさとかそんなことが頭から吹《ふ》き飛《と》ぶくらい必死で足を動かした。

「待て！」

なんで追ってくるの⁉　いつもは私に関心なんてないくせに⁉

必死で逃げる私。どこか隠《かく》れられそうな場所を探すも、うまく思考がまとまらない。

あぁ、もうどうすればいいの⁉

そう思った瞬間《しゅんかん》、白い霧《きり》が瞬《また》く間《ま》に広がっていく。

「お嬢《じょう》、こっちです」

驚《おどろ》いて足を止めると、シドの声がしてすぐに腕《うで》を引かれる。


「ひっ」

建物の中なのに、数メートル先すら見えなくなっていた。魔法で作り上げた霧は、私たちの姿を隠してくれている。

私はシドの胸に縋《すが》りつくようにして身を潜《ひそ》め、廊下の隅《すみ》で息を殺す。

背中に回された腕は力強くて安心するが、同時にシドの匂《にお》いがして心音が速くなる。

「ヴィアラ！　どこへ行った！」

殿下の声が、次第《しだい》に遠ざかっていく。気配も足音も完全に消えたとき、ようやく私は深く息をつくことができた。

「はぁ……、もう大丈夫みたいね」

私を包み込んでいた腕がそっと緩《ゆる》み、どちらからともなく身を離《はな》す。

シドは指先を鳴らして霧を晴らすと、笑顔《えがお》で言った。

「あのバ……、殿下は別の場所に誘導《ゆうどう》しました」

今バカって言おうとしたわね？　バロックのバである可能性もあるけれど、ごまかしたってことは多分そういうことだろう。

「助かったわ。ありがとう」

見上げると、シドは珍《めずら》しく真剣《しんけん》な顔をしていた。

「いえ、すぐに出ていけなくてすみません」

「仕方ないわ、従者は入れる場所が決まっているもの。それに、ちょっと手を握られたくらいで殴《なぐ》り飛ばすわけにはいかないから我慢《がまん》しなきゃね」

苦笑いで左手をひらひらさせると、シドは「はぁ⁉」と言って苛立《いらだ》ちを露《あら》わにした。

「浄化《じょうか》します」

シドはすぐに私の左手を取り、自分の両手で包み込むようにした。ふわっと風が巻き起こり、聖属性魔法の浄化がかけられたことがわかる。

しかもキラキラと光の粒《つぶ》が舞《ま》っていて、どう見ても最上級の浄化魔法を使って消毒されていた。

すごくさっぱりして、教会でお清めやお祓《はら》いでも受けたみたいな爽快《そうかい》感がある。

「大げさじゃない？　すっきりして嬉しいけれど」

少し呆《あき》れてそう言えば、シドは不満げに眉根《まゆね》を寄せる。

「しますよ。お嬢が汚染《おせん》されるなんて、一生の不覚です」

「もうちょっとましな表現はないのかしら⁉」

あまりの言い草に、ぎょっと目を見開く。

今日は随分《ずいぶん》と辛辣《しんらつ》な冗談を言うのね、と思ったら、シドは私の手をぎゅうっと摑《つか》むと悲しそうな目をして言った。

「お嬢は、俺がずっと守ってきたのに……」

その切なげな声に、胸がどきんと高鳴る。

それは自分が仕える主人への親愛？

それとも、主従以上の気持ちを持ってくれているの？

労《いた》わるように手を撫でられ、さらにドキドキが加速する。

「ねぇ、シド。そのことなんだけれど……」

私のこと、どう思っているの？　そう尋ねようとした矢先、シドの顔つきが憎悪《ぞうお》に歪《ゆが》む。

「あのろくでなし王子め……！　お嬢が暴力に訴《うった》えることしかできないか弱い女の子だからって、好き放題しやがって」

「それをか弱いって言うのはおかしいわ」

今にも闇討《やみう》ちしかねないシドに、私は冷静に突《つ》っ込む。

「か弱いですよ。権力を盾《たて》にされたら殴れないでしょう？　使えない力は、ないも同然なんです」

確かに、殿下を殴ると大問題になる。

シドは私の手を離すと、顎《あご》に手を当てて真剣に考え始めた。

「あのアホの目を、お嬢以外に向けさせないと……」

彼の頭の中は、殿下への対策でいっぱいだ。ちょっといい雰囲気《ふんいき》かも、と思って期待した自分が空振《からぶ》りしたみたいで恥《は》ずかしい！

私は目を伏《ふ》せ、コホンと咳《せき》ばらいをして気を取り直す。

「来週にはお茶会があるわ」

「でも、手段は多い方がいいです」

その言葉に、ヒロインの顔がふと頭に浮かぶ。

シドも同じことを考えていたのか、じっと私の目を見て無言で訴えてきた。

「ダメよ、あの子は」

首を振り、縋るような目でシドを見る。けれど彼は、真剣な声音《こわね》で提案した。

「なぜ？　接触《せっしょく》して、編入する気があるかどうかだけでも確かめましょう」

「でも、ククリカは幸せそうにしているのよ？」

「聞いてみてダメだったら、また別の方法を探《さぐ》ればいい。話だけでもしてみませんか？」

じっくり話がしたいとは思っていたものの、ククリカを生け贄《いにえ》にするのは気が引ける。

でも万が一、彼女が乗り気になってくれたら？　あぁ、私って誘惑に弱い！

「婚約を取りやめたいんでしょう？」

そして、従者が誘惑上手。うっかりすべてを委ねたくなるから怖《こわ》い。

「だとしても、ククリカに無理《むり》強《じ》いはしたくないの」

「わかっていますよ。洗脳したり拉致《らち》したりはしません」

「発想が怖い！　あなたどこでそんな考えを」

「マーカス公爵家です」

「うちだった！」

そうだ、シドは八歳からうちで育っている。

裏社会特有の危ないことも、教えたのは全部うちだった。

シドはまっすぐに私を見下ろし、低い声で宣言する。

「絶対に、婚約解消させますから」

まるで、手段を選ばないと言われているようで私は身構える。

「まずはお茶会が先よ。ククリカのことは、またそれから考えるわ。お弁当屋さんにいるってわかっているんだから、逃げられることはないでしょう」

シドは不服そうだったけれど、しばらくして頷《うなず》いてくれた。

すべては、お茶会にかかっている。私は戦いにでも行くような覚悟《かくご》で、その日を待った。


いよいよ、今日はお茶会の日。

雲一つない晴天、心地《ここち》いい風が長い髪《かみ》を撫でるように吹き抜ける。

学園の校舎とは別棟《べつむね》にあるサロンで、私はお友達作りという名目でお茶会を催《もよお》した。

招待したのは、高位貴族のご令嬢の四人。

「本日はお招きいただき、光栄ですわ」

爽《さわ》やかな笑顔のこの方は、代々近衛騎士《このえきし》団長を輩出《はいしゅつ》しているスミス侯爵《こうしゃく》家のエミリア様。長い黒髪《くろかみ》を一つにまとめ、凛々《りり》しい顔立ちの彼女は男装が似合いそうな長身美女だ。

「ヴィアラ様は、領地経営にも携《たずさ》わっておられると伺いました。未来の王太子妃《ひ》に、そのような才覚のある方がなられると思うと安心です」

一点の曇《くも》りも、邪心《じゃしん》もない澄《す》んだ瞳《ひとみ》で彼女はそう話す。きっと、私がここで王子の婚約者を代わってくれる人を探そうとしているなんて微塵《みじん》も思っていないんだろうな……。

殿下を押しつけようとしてごめんなさい！

申し訳なさがこみ上げてきて、ついシドに視線を送る。

(お気を確かに、次です。次)

ゲストにお茶を淹《い》れたシドは、目だけで励《はげ》ましてくれた。

気を取り直し、ローゼリア王国の奇跡《きせき》とまで言われる美貌《びぼう》のルードリア伯爵《はくしゃく》家のマリエンヌ様に声をかける。

「お久しぶりです、マリエンヌ様。学園生活はいかがですか？」

抜けるような白い肌《はだ》にさらさらの金髪《きんぱつ》、お人形のような顔立ちはまさに深層の令嬢。制服から覗《のぞ》く華奢《きゃしゃ》で小さな手は、いかにも守ってあげたい系の女性だった。

「わ、わわわわたくし、お茶会は初めて、でして、あの、その、ごめんなさいぃぃぃ」

突然《とつぜん》の号泣《ごうきゅう》と謝罪に、私は狼狽《うろた》えた。隣《となり》に座るエミリア様も動揺《どうよう》している。

それからしばらくわんわん泣き続けるマリエンヌ様。どうやら極度の人見知りらしい。

小さい頃《ころ》から人付き合いが苦手で、伯爵令嬢なのに領地でずっと引き籠《こも》って暮らしていたそうで、学園に入るのも両親に懇願《こんがん》されて渋々《しぶしぶ》やってきたそうだ。

こんな私的な茶会程度でいきなり泣き出すなんて、王太子妃は無理だわ……。

「大丈夫ですよ、ここにはあなたを傷つける者はいません」

マリエンヌ様にそっとハンカチを差し出したのは、笑顔が優《やさ》しい純粋《じゅんすい》ヒロイン系のラーナ様。貿易が盛《さか》んな国境沿いに領地を持つ、クラーク侯爵家のお嬢様だ。

淡《あわ》い茶色の髪を右側で編み込みにしていて、涙《なみだ》を拭《ふ》いてあげる所作の一つ一つが気品に溢《あふ》れている。そして、細いのにメリハリあるスタイルで二次元から飛び出したみたいだ。

なんていう完璧《かんぺき》なヒロイン感……！　この方なら、殿下も恋《こい》に落ちるかもしれないわ。

私の中で、「こんなに素晴らしいご令嬢を生け贄に？」という葛藤《かっとう》も湧《わ》き上がるが、とにかく親交を深めねばとお茶会をスタートする。

「あら？　アネット・リドリー伯爵令嬢はどうなさいましたの？」

今日招待したのは四人。ラーナ様が、不在のアネット様の席を見つめて尋ねた。

私はホストとして、申し訳ないと謝罪する。

「残念ながら、体調を崩《くず》してしまったと今朝連絡《れんらく》がございました」

季節の変わり目で、風邪《かぜ》や体調不良で休んでいる生徒は何人かいた。アネット様も、体調不良なのは仕方がない。

「アネット様にも後でお届けしようと思っているのですが、我が家のシェフが珍しい菓子《かし》を用意いたしましたので、皆様ぜひ召《め》し上がってください」

私が用意したのは、イチゴ大福だ。和食がいまいち味覚に合わないこの国の人たちにも、これは好評だ。イチゴとカスタードクリームが入っているから完全に和菓子《わがし》とは言えないけれど、甘党《あまとう》のシドもこれは大好きで喜んで食べていた。

「まぁ、可愛らしいお菓子ですね。まるでヴィアラ様のようです」

エミリア様のイケメンっぷりがすごい！　思わず照れてしまう。

「そんな……、エミリア様にそう言っていただけるなんて嬉《うれ》しいです」

まずい、落とされる。ファンになりそう。

私は両手で頬《ほお》を挟《はさ》み、笑みを浮かべて目を伏せた。

「優しい甘さと酸味のバランスがよく、誰しもがおいしくいただけるようにというヴィアラ様のお心遣《こころづか》いの表れのようですね」

「エミリア様……！」

うっとりとして彼女の微笑《ほほえ》みを見つめる私。

背後からシドの視線が「女同士で何やってるんですか」と訴えかけてきているけれど、

かっこいい姉御《あねご》キャラは万国《ばんこく》共通で尊いのよ。

お茶会は順調に進み、私たちはすぐに打ち解けることができた。

ただ一つ残念だったのは、殿下が絶望的に人気がないということだけ……。

「ヴィアラ様は気苦労が絶えませんわね、殿下があのように傲慢では」

エミリア様はストレートにそう述べる。他の二人も似たような反応で、殿下は顔だけの男として認知《にんち》されていた。

世のお嬢さん方は、きちんとした教育を受けている人ほど騙《だま》されてはくれないのだ。

それに、この方々はすでに地位も名誉《めいよ》も財力もある。さらに美貌も……。となると、今さらあえてあんな殿下を狙《ねら》う必要はないわけで。

一生の不覚、そもそもの人選が間違《まちが》っていた！

お茶会がそろそろお開きにというタイミングになり、私はそのことに気がつく。

「またぜひ、お茶会をいたしましょう」

すっかり仲良くなった私たちは、エミリア様の言葉に笑顔で頷き合う。

最初こそ号泣していたマリエンヌ様も、最後には笑顔で手を振ってくれた。お菓子のお土産《みやげ》を渡《わた》すと、目をキラキラさせて喜んでくれた。


全員を見送った後、ぐったりとする私にシドが声をかける。

「お嬢、倒《たお》れてもいいですよ」

「わかる？　ショックで倒れそうだわ。誰も殿下を狙っていない、それどころか軽蔑《けいべつ》していたわ。あの反応から恋が芽生えるはずないじゃない」

友だちができた、という成果があっただけでよしとしよう。私は遠い目をする。

もう、ククリカ・ラリーに接触してみた方がいいのかな。ヒロインの力がないと、婚約解消は無理なのかも。

胸の中に弱気が出てきたそのとき、涼《すず》やかな声が聞こえてきた。

「あの、少しよろしいでしょうか？」

そちらに目を向けると、サロンの扉《とびら》を少し開けた状態でラーナ様が顔を出しているのが見える。

「どうかなさいましたか？　ラーナ様」

私は彼女に中へ入るよう勧《すす》め、再び隣同士で座る。

シドが温かい紅茶を淹れてくれて、二人だけのお茶会が延長された。

「ヴィアラ様が私たちを誘《さそ》ってくれたのは、殿下の婚約者候補を探すためでございましょう？　できればご自分と代わってほしいとお考えなのでは？」

「っ！」

動揺する私を見て、ラーナ様はくすりと笑う。怒《おこ》っている雰囲気はまったくない。

「そんな顔なさらないで。そうだろうなと思っていましたから」

ラーナ様によると、呼び出されたときにメンバーの名前を見てすぐに勘《かん》づいたそうな。

多分、気づいているのは自分だけだから安心して、とも言ってくれた。

「ヴィアラ様のお気持ちは、察するに余りあります。あの殿下から逃げたくなるのは、当然だと思いますわ」

「ラーナ様……」

「でも、ごめんなさい。他のお二方はともかく、わたくしは殿下の婚約者には到底《とうてい》なれない身の上なのです」

侯爵令嬢のラーナ様が？　と、私もシドもきょとんとした顔になる。今から新たに王太子妃候補を探すとすれば、ダントツでラーナ様が有力なのに。

彼女は少し伏し目がちに、自分の身の上を話し始めた。

「わたくしは、公《おおやけ》にはなっていませんが実は養女なのです。ヴィアラ様は、ローゼリア王国の遥《はる》か北方にあるアーバンという国をご存じですか？　そちらがわたくしの祖国です」

記憶《きおく》を掘《ほ》り起《お》こすと、アーバンという国は国家というより街と言った方が近いくらいの小国だ。ダイヤモンド鉱山があることから、周辺国からは常に狙われている。

今はローゼリア王国の庇護《ひご》下にあるので、周辺国から侵攻《しんこう》されずに済んでいる。

「ローゼリア王国のお城には、周辺国から預けられた人質《ひとじち》の子どもたちが暮らしています。わたくしはアーバンの第七王女で、人質としてこの国へやってきました。各国の外交官や使者、王族の側近候補になれる男児の人質と違い、女児でしかもとるに足りない小国の姫《ひめ》であったわたくしは人質としての価値が低いですから、十歳になれば祖国へ帰るはずだったのです。けれど、祖国に帰ってもここより暮らしぶりはよくならないとわかっていました。それで、今お世話になっているクラーク侯爵家の義父《ちち》に語学の才を見出《みいだ》されて、養女として引き取られることになったのです」

つまり、クラーク侯爵家の養女であり異国の王女であったラーナ様が、この国の王太子妃になるのはまずいと。そんなことになれば、あちらの国から何かしらの要求がある可能性は無《な》きにしも非《あら》ずってことだろうか。

小国だからとんでもない要求はしてこないだろうけれど、国同士の力関係なんて数十年で変わる。今後、アーバンがどこか巨大《きょだい》な後《うし》ろ盾《だて》を持たないとも限らないし。

「それにわたくしは、いずれクラーク侯爵家のご子息に嫁《とつ》ぐことが決まっております。婚約はまだなのですが、卒業したらそのようにすると義父から聞いています」

「そうですか……」

「この茶会の意図はすぐにわかりました。やんわりと辞退することも考えましたが、ヴィアラ様なら人質として送られたわたくしの事情をご理解いただけるかと思いまして」

私なら理解できるって、どういうこと？

小首を傾《かし》げると、ラーナ様は「あら？」と私と同じような反応をする。

「マーカス公爵家にも、わたくしと同じように引き取られた他国の人質がいると義父から聞いたのですが、ヴィアラ様はご存じないのでしょうか？」

何それ、知らない！　うちに異国の王子様やご令息っぽい、高貴な感じの人はいたかな？

私はシドを振り返り、そんな人物に心当たりがあるかと尋ねた。

「ねぇ、シド。うちに王子様っぽい若《わか》い衆《しゅう》なんていたかしら」

「う〜ん、王子様っぽいヤツはいません」

私の頭には、あの人相の悪い『一般人《いっぱんじん》が近づきたくないオールスターズ』の姿が浮かぶ。

誰一人として、王子様に結びつかない。

「そうよね。高貴な雰囲気の人なんていないわよね。そもそも異国から来た人質なんてそんな訳ありキャラがいたら、さすがに私の耳にも入るだろうし」

「いや、お嬢。昔から言いますよね『訳ありを隠すならマフィア』って」

うん。それは、木を隠すなら森の中では？

苦笑いになる私に、シドは悩《なや》みながらある提案をする。

「えー、いっそ訳あり選手権でもやりますか？　だいたい、うちってお嬢とイーサン様以外はほぼ全員訳ありなんですけれど」

「それ、誰も得しないから。だいたいうちみたいな家で、素性《すじょう》を聞くのはタブーでしょう」

素性なんて大きな問題ではない。そんなことを気にしたことなんてなかった。

私たちの会話を聞いたラーナ様は目を丸くしていたけれど、人質として連れてこられた子どもが、貴族家に引き取られることはよくあることだと教えてくれた。

「義父によると、これまで七人ほど私のような者がいたそうです。貴族家の嫁《よめ》になったり、教育係になったり、騎士になったり。引き取られた後、ずっとそこにいるとは限りませんので、もしかするともういらっしゃらないのかも」

当然、何年かで自国に戻《もど》ることもある。代わりの人質が寄越されると、その子は戻っていくそうだ。

ラーナ様はにこりと微笑むと、話題を変える。

「ところで話は殿下のことに戻りますが、アネット伯爵令嬢はわたくしと同じクラスですの。彼女はかなり権力欲が強いと耳にしておりますので、ヴィアラ様のご期待に沿えるかもしれませんわ。今日は具合が悪くて残念でしたけれど、またの機会に個人的にお誘いしてみては？」

そういえば期待の星はアネット様だった。

私はしっかりと頷いて、ラーナ様からのエールを受け取った。

帰《かえ》り際《ぎわ》、ラーナ様はふとシドに視線を向ける。

「シドさんはずっとマーカス公爵家におられるお方でしょうか？　ご当主であるお兄様が紫《スピネル》で、さらにヴィアラ様の従者も紫《スピネル》だなんてとても恵《めぐ》まれていると義父が申しておりましたわ」

扉を開けたシドは、ラーナ様に向けて柔《やわ》らかな笑みを返す。

「俺は先代様に拾われた身ですから、子どもの頃からずっとマーカス公爵家で育ちました。紫《スピネル》はたまたまですよ」

「まぁ、ご謙遜《けんそん》を。紫《スピネル》は才能だけではなれませんわ。きっと、わたくしには想像もつかない努力があったのでしょう。それほどまでに守りたい方がいた、ということでは？」

「ご想像にお任せします」

おもいきり外向けの営業スマイルを作るシド。それは何か隠したいことがあるときに見せる顔だった。

私は二人のやりとりとじっと眺《なが》めていたけれど、入る隙《すき》がなくて静かに見守る。

視線に気づいたラーナ様は、私を見てにっこりと微笑んだ。

「またお会いしましょう、ヴィアラ様。朗報をお待ちしておりますわ」

「ええ、本日はありがとうございました。ラーナ様」

去っていく姿もまた、気品があって美しい。

その背を見送ると、私は隣に立つシドを見て何気なく言った。

「そんなにお父様に恩を感じていたのね……。紫《スピネル》になって守りたいって思うほど」

シドを拾ってきたのは亡《な》きお父様だ。

そう思うのも無理はない。事故で亡くなったときは、守れなくて無念だっただろうな。

「そこまでうちへの恩義を感じて、ずっと尽くしてくれているなんて。本当にありがとう」

しみじみと感傷に浸《ひた》っていると、シドがじとりとした目を向けてきた。

「お嬢、もう少し人の気持ちっていうものをわかってくださいませんかね」

「え、拗《す》ねているの？　人の気持ちがわかるから、こんな風に切なくなっているんじゃないの。シドの忠義心は、痛いほど伝わってきたわ」

大きなため息を吐いた彼は、ポリポリと右手で頭を掻《か》いた。

まるで私に呆れているみたいな反応だ。

けれど、シドはすぐにいつもの明るい顔に戻りこれからのことを口にする。

「さ、もうこの話は終わりです。邸《やしき》へ戻って、アネット伯爵令嬢をどうやって誘《おび》き出《だ》すか考えましょう」

「誘き出すって言い方やめて？」

私は軽く身だしなみを整えると、シドと一緒《いっしょ》にサロンを後にした。


まだ夕暮れには早い時間。

お茶会を終えた私は、すでに生徒の姿がまばらになった校舎を歩く。

「あら？　あれってバロック殿下よね。忙《いそが》しいって言っていたのに……。東屋《あずまや》なんかで何をしているのかしら？」

真白い大きな鳥籠《とりかご》のような東屋は、たまに女子生徒が本を読んでいたりお喋《しゃべ》りしたりしている憩《いこ》いの場だ。なんとその中で、長椅子《ながいす》に座って女子生徒とイチャイチャしているバロック殿下を発見した。

「また新しい女の子を連れているわ」

私は呆れて目を眇《すが》める。

「飽《あ》き性《しょう》ですね～」

シドも同じ気持ちらしい。

今度は一体どんな相手なのかと、二人でこっそりと東屋に近づく。茂《しげ》みに隠れ、音を立てないように息を潜めて歩いた。

「あ、お嬢。あの子です、あれがアネット・リドリー伯爵令嬢ですよ！」

「え⁉　今日って具合が悪いんじゃなかったの⁉」

私は目を丸くして、イチャつく二人を凝視《ぎょうし》する。

「綺麗《きれい》な子ね。そして情報通りの巨乳《きょにゅう》だわ」

アネット様は、美しい黒髪が透明《とうめい》感のある肌によく映《は》えていて、切れ長の目に高い鼻梁《びりょう》、ぽってりした厚めの唇《くちびる》がとても妖艶《ようえん》な雰囲気だった。

さらに制服が胸の部分だけはち切れそうになっているほど巨乳で、どこからどう見てもセクシー美女だ。

「うわ～、すごいっすね。野心家って情報でしたが、婚約者候補になりそうな身分のご令嬢方が茶会で不在なところを狙って、抜け駆《が》けするって……淫魔《サキュバス》の遺伝子でも入ってるんじゃないですかね～」

シドが苦笑いでそう言う。

「淫魔《サキュバス》は見たことないけれど、実際にいるの？」

この世界には魔物《まもの》がいる。さすがに街中にはいないけれど、マーカス公爵領でもオークやゴブリン、それに動物との境目が曖昧《あいまい》な一角うさぎなどはたまに遭遇《そうぐう》することがあった。

男を誘惑する淫魔《サキュバス》なんて実在しないと思っていたけれど、シドによるとどうやら存在するらしい。

「夜中に野営していたら、遭遇することがあるみたいですよ。男だけのところにしか出てこないから、お嬢が淫魔《サキュバス》に会うことはないんじゃないでしょうか」

「そうなんだ？　まぁなんにせよ、抜け駆けするくらい本気で殿下を狙ってくれているのはありがたいわ」

説得する手間が省けた。これは期待できそう！

私たちは、引き続き二人を観察する。

殿下はイケメンモードになって口説いている。

——殿下ってお優しいのね、私のことを慰《なぐさ》めてくださるなんて！

——君のためならなんでもしよう。

——私、とても傷ついてしまって……。ヴィアラ様が私のことだけお茶会に誘ってくださらなかったんです。本家の娘《むすめ》じゃないからって、あんまりです。

殿下の腕にぎゅうっとしがみつき、胸を押し当てて嘆《なげ》くアネット様。

自分の武器をよくわかっていて、それを惜《お》しみなく使う豪胆《ごうたん》さが伝わってくる。

「すごいわ……！　自分で仮病《けびょう》を使って欠席したのに、私が仲間外れにしたかのように訴えかけるなんて！　なんてやり手のヒロインなの！」

新たなヒロインの登場に、私は感動で震《ふる》え、彼女の手腕《しゅわん》に感謝すらした。

それを見たシドは、眉根を寄せて苦言を呈《てい》する。

「お嬢、感心している場合ですか？　悪者にされていますよ」

「いいのよ、二人がうまくいくのなら、私のことを存分に使ってくれて構わない」

「俺が構いますよ。お嬢が悪く言われるのはイラッとします」

シドの気持ちは嬉しいけれど、殿下がアネット様に惚《ほ》れてくれるなら性格の悪い婚約者という敵役《かたきやく》に回る気満々だった。

「あ、お嬢。ここから先は見たらダメです」

「えっ？」

シドが突然私の目を両手で覆《おお》う。

「殿下とアネット嬢が、わりと濃厚《のうこう》なキスをしています。王族にあるまじき淫行《いんこう》です」

「あら、展開が早いわね。一気に恋人《こいびと》になってくれるかな？」

しばらくしてシドがパッと手を離すと、東屋には殿下の従者の姿があった。城へ戻る時間になったらしい。

——またな、アネット。会えない間も、おまえのことを考えているぞ。

——嬉しい……！　またの機会を楽しみにしております。

うるうるとした目で殿下を見送るアネット様は、座ったまま身をくねらせて谷間を強調していた。

プロ根性《こんじょう》を見せられた気がした。すごい逸材《いつざい》かもしれない、と期待が高まる。

ぼんやりと眺めていたら、殿下が通り過ぎる瞬間にシドが私のことをいきなり押し倒してきた。

「お嬢、隠れてっ！」

草木と土の匂い。それに、シドのローブについた彼の匂いがする。

横向けに寝《ね》ころんだ私の上に、シドが覆いかぶさっていて一気にドキドキが加速した。

殿下の姿が見えなくなるまでの間、私は口元に手を当てて悲鳴を上げるのを必死で堪えてやり過ごす。

「お嬢、もう大丈夫です」

こっちは大丈夫じゃないわよ！　私がドキドキして死にそうよ!!

なんの照れもなくいつも通りのシドを見ると、無性《むしょう》に腹が立ってきた。私だけこんなに動揺しているのに、シドは平然としていてずるい。

制服についた草と砂を払《はら》い、「落ち着きなさい」と自分で自分に言い聞かせる。

「アネット様のところへ行きましょう」

シドはすでに東屋の方を見つめていた。

もしかして女慣れしている？　それとも私のことは端《はな》から恋愛《れんあい》対象じゃない？　ドキド

キなんてしない？

「どうしました？」

悔《くや》しいけれど、今はそんなことを考えている暇《ひま》はない。アネット様と接触し、彼女に殿下誘惑作戦の要になってもらわなければ。

「行きましょう」

シドを引き連れ、東屋で一人寛《くつろ》ぐアネット様の元へと向かった。

いきなり現れた私たちを見て、彼女はうっとたじろぐ。密会現場を見られ、私から罵倒《ばとう》されるとでも思っているんだろう。

でもそんな心配はいらない。なりふり構わず殿下を落とそうとするその心意気、私の心に響いたわ。

「な、何よ。殿下が浮気《うわき》するのは殿下の責任でしょう⁉　私のせいじゃないわ！」

私とシドは、アネット様に向かって右手を突き出す。そして、握りしめた拳《こぶし》の親指を立て、同時に言った。

「「採用‼」」

「なんなのよ、一体⁉　採用って何が⁉」

悲鳴すら上げる暇もなく、アネット様はこの日マーカス公爵家に強制的にご招待された。

第三章　うちの従者は攻撃力も抜群です

殿下《でんか》とアネット様は順調に愛を育んでいった。

私は名ばかりの婚約者《こんやくしゃ》として、二人の恋《こい》をしっかりとサポートしている。今日だって人気レストランの予約を代行し、素敵《すてき》なデートの場を提供した。

個室で存分にイチャイチャしてください、とアネット様に伝えてあるものの、いきなり身体《からだ》を許してほかの女子生徒たちと同じになってしまっては困る。

「君と結婚《けっこん》する」と言質《げんち》を取り、国王陛下に目通りするまでは、決して最後までは許すなとシドが何度も念押ししていた。

アネット様は私からの全力応援《おうえん》を警戒《けいかい》していたけれど、こちらの熱意が伝わったおかげですっかり信頼《しんらい》してくれている。

『妹と代わってくれるなら、いくらでも持参金を用意しよう』

お兄様のこの言葉が効いたらしい。

本家の娘《むすめ》でないアネット様は、王族に嫁《とつ》げるほどの持参金はとても用意できないそうで、実は本命は殿下のそばにいる近衛《このえ》や側近候補の令息だったそうな。

『殿下はついでに誘惑《ゆうわく》しただけなんだけれど、すぐ誘《さそ》いに乗ったからびっくりしたわ』

アネット様は、手練《てだ》れだった。

シドは、彼女がこれまでどんな感じで男子生徒や先生を誘惑したか細かにヒアリングしていたけれど、私には「教育に悪い」と言って教えてくれなかった。一言だけ、「淫魔《サキュバス》っているんだなって確信しました」というコメントが返ってきたので、やはり私は間かなくて正解だと思う。

順調に計画は進み、私たちは半年に一度のバカンス時期を迎《むか》えた
学園の授業は前期・後期に分かれていて、その間には二十日間のバカンスを挟《はさ》む。

私はマーカス公爵《こうしゃく》領に戻《もど》り、領地の視察や和食の研究をして、そして私の誕生日パーティーも開く予定だ。

「ヴィアラ様、試験はどうでした？」

廊下《ろうか》で声をかけてくれたのは、先日のお茶会で親しくなったラーナ様。今日も優《やさ》しい笑《え》顔《がお》に癒《いや》される。

「全問できたと思います。王太子妃《ひ》用のカリキュラムに比べると、それほど大変でもないので」

笑顔でそう答えると、ラーナ様も笑《え》みを深めた。

「王太子妃候補って大変なのですね。殿下があの状態ですのに……」

ですよね。あの殿下をフォローするための王太子妃ですから、私には小さい頃《ころ》からものすごくたくさんの教師がついて指導されていた。学園の入学前に、すでにほとんどのカリキュラムは終了《しゅうりょう》している。

婚約破棄《はき》後にもしもマーカス公爵家にいられなくなったら、平民として生きていかないといけないので知識はあるだけあった方がいい……ということで真面目に勉強したわけだけれども、まさかヒロインがいなくて婚約破棄が難しくなるなんて思いもしなかったわ。

「休暇《きゅうか》はご領地で過ごされるのですよね？」

「ええ。明日、王都の邸《やしき》を発《た》ちます」

「マーカス公爵領は、確か馬車で四日ほどでしたか？　道中、どうかお気をつけて」

「はい、気をつけます。ありがとうございます」

領地まで、実は魔導《まどう》スクーターで帰るつもりだ。途中《とちゅう》で寄り道して一泊《いっぱく》するけれども、直行すれば半日で移動できるのだ。

「ラーナ様も侯爵《こうしゃく》領へ戻られるのですか？」

歩きながらそう尋《たず》ねると、ラーナ様は寂《さび》しそうに首を振《ふ》った。

「その予定でしたが取りやめになったのです。最近魔物《まもの》が多いそうで、義兄《あに》がこちらに顔を出すからおまえは戻ってくるなと言われました」

「そうなんですか？　それは心配ですね」

よくない情報に、私は顔を顰《しか》める。

一年中温暖な気候のローゼリア王国は、作物がよく実って天災もほとんどないからか、魔物もすくすく育ってしまう。鳥獣《ちょうじゅう》被害《ひがい》程度のものなら一般人《いっぱんじん》でも対応できるけれど、定期的に行われる魔物討伐《とうばつ》は国レベルで実施されていた。

「討伐隊が組まれることはあるのかしら？　だとすると五年ぶりですよね」

視線を落として考え込む。

すると、ラーナ様が私を安心させるように穏《おだ》やかに微笑《ほほえ》んだ。

「まだそこまでではないようですよ」

「そう、よかった」

「ご心配ですか？　シドさんのことが」

ラーナ様がいたずらな笑みで私に尋ねた。

もしかして、私がシドを好きだって気づいている？　どきりと心臓が跳《は》ねる。

「討伐隊が編成されれば、赤《ルベライト》以上の魔導士《まどうし》は招集されますものね。そうなれば、公爵家当主のイーサン・エメリ・マーカス様はともかく、シド様は前線へ派遣《はけん》されるでしょう。いくらお強いとはいえ、不安ですよね」

起こってほしくない未来。想像するだけで、胸が苦しくなる。

魔導士協会に登録している限り、シドやお兄様は招集を避《さ》けられない。お兄様は公爵家当主であり未来の宰相《さいしょう》候補でもあるから、おそらく後方で指揮官以上の待遇《たいぐう》となるだろう。

けれど、シドはどう考えても前線で戦うことになる。

まぁ、二人ともものすごく強いというか好戦的で破壊癖《はかいぐせ》があるから、どっちかっていうと二人が暴れることによって発生する人的被害の方が心配だけれどね。

私は不安を振り切るように、明るく笑って言った。

「何事もないことを願います。どうかラーナ様もお気をつけて」

「はい、ありがとうございます。それでは」

馬車の近くまで見送ってくれたラーナ様は、優雅《ゆうが》に手を振った。

私はマーカス公爵家の家紋《かもん》入りの馬車に近づき、御者《ぎょしゃ》の若《わか》い衆《しゅう》に扉《とびら》を開けてもらって中へと乗り込む。

「お嬢《じょう》、おかえりなさいませ！」

「あれ、どうしてゾルドがいるの？　シドは？」

朝は一緒《いっしょ》に登校したはずなのに。きょとんとする私に、彼はさらりと言った。

「用事があるからって、街へ行ったみたいですよ」

「街へ？」

詳《くわ》しく話を聞こうと、御者台に座ろうとしていたゾルドを馬車の中へ引き込む。

彼は私の向かい側に座り、シドの様子について話し始めた。

「シドさん、最近何度も街へ出かけていますよ〜。お嬢はご存じなかったですか？」

従者のプライベートを根掘《ね ほ》り葉掘り聞くつもりはないけれど、シドがたまに街へ出かけているなんて知らなかった。十九歳の若者なんだから外に遊びに行くことくらいあるだろうけれど、一言も教えてくれないなんて……。

すごくもやもやした気分になる。

「もしかして恋人《こいびと》でもできたのかって、俺たちの間では噂《うわさ》です」

「恋人⁉」

ぎょっと目を見開き、私は動揺《どうよう》を露《あら》わにする。

ゾルドは空気を読まず、笑いながら残酷《ざんこく》な予想を告げた。

「ええ、今日だってしばらくマーカス公爵領へ戻るから、別れを惜《お》しんで恋人に会いに行っているんじゃないかって思っていました」

私のシドへの恋心《こいごころ》に気づいていないゾルドは、ニコニコ笑いながら痛い部分を突《つ》いてくる。シドに恋人ができたなんて、私はショックで気絶しそうになっていた。

「お嬢？　どうかしました？」

俯《うつむ》き、膝《ひざ》の上で拳《こぶし》を握《にぎ》り締《し》める私を見て、ゾルドが声をかける。

「………行く」

「私も街へ行く！　行き先変更《へんこう》！　目的地はシドのいるところ！」

一体どこの誰《だれ》なの？

シドの恋人なんて、知りたくないけれど見てみたい。自分の中で矛盾《むじゅん》が起こる。

ずっと一緒にいたのに、ずっと好きだったのに、シドに恋人ができたなんてまったく気づかなかった。

目に涙《なみだ》が滲《にじ》む。それでも泣いちゃいけないと、気合と根性《こんじょう》でぐっと堪《こら》えた。

「お嬢、置いていかれてそんなに寂しかったんですか？」

見当違《けんとうちが》いなことを言うゾルド。この状況《じょうきょう》で、私がシドを恋愛《れんあい》的な意味で好きだと気づかないって、とんでもない鈍感《どんかん》ね⁉

「そういえば、ガリウスさんたちが商業区でシドさんを見たって。弁当屋さんの女の子と仲良さそうに喋《しゃべ》っていたって言っていました」

「弁当屋さん？　女の子？　それって金髪碧眼《きんぱつへきがん》のすごく可愛《かわい》い子で、笑った顔がふわっとしていてパッと花が咲《さ》いたみたいに輝《かがや》く感じのヒロイン系？」

「そ、そこまではわかりません。弁当屋さんの女の子、としか聞いてません」

「そう……」

「ただ、すんげー可愛いとは聞いています」

その言葉に、私はぴくりと反応する。

「すんげー、可愛いのね？」

「はい。すんげー可愛いそうです」

間違《まちが》いない。ククリカ・ラリーだ。まさかとは思うけれど、シドはヒロインに惚《ほ》れた？

もしかして、悪役令嬢《れいじょう》な私ってストーリーうんぬんにかかわらず、好きな人をヒロインに奪《うば》われる運命なの？

もしそうだとしたら悲しすぎる。

嫌《いや》な想像がどんどん頭に浮《う》かぶけれど、きっと何かの間違いだと私は頭を切り替《か》えた。

「シドに限って、そんなわけない。違う、きっとシドはヒロインを好きになったりしない」

暗示をかけるように、同じ言葉を繰《く》り返《かえ》す。

そうよ、シドがヒロインに惚れるなんてあるわけがない。

だってシドは、いつだって私のことを考えてくれていた。店に通っているのだって、きっと私のためにヒロインを説得しようと……ってそれはそれでダメよ⁉

え、シドったらククリカに接触《せっしょく》して何をしようとしているの⁉　まさか学園に編入させようと動いているんじゃ⁉

「急いで！　スピード上げて！」

あぁ、魔導スクーターで登校すればよかった。馬車だと大通りしか通れないから、魔導スクーターみたいに小回りが利《き》かない。

商業区なら中央通りから西の小路《こみち》を通ればショートカットできるのに、馬車だと半円状をぐるっと迂回《うかい》していかなきゃいけないなんて。

「あ、お嬢。もしかして、シドさんが行っているのってだし巻きたまごが売っている弁当屋さんですか？　あれうまいですよね〜。絶対に買って帰りましょうね」

「呑気《のんき》ね、あなた」

へらりと笑うゾルドを、戦闘《せんとう》時には暴れ回る青年とは思えない。

シドとこの子だけなんだよね、うちでへらへらしている感じなのは。

「お嬢とおでかけ、久しぶりだな〜」

のほほんとしたゾルドは、シドほどではないとしても私を和《なご》ませてくれる存在だった。

「ううっ、いい子ね。お弁当くらいいくらでも買ってあげるわ」

「あれ、お嬢。俺とお嬢は同じ年なんですよ。なんか子《こ》ども扱《あつか》いしていません？」

「精神年齢《ねんれい》じゃ私の方が上よ」

シドが見たら、どっちもどっちだって言うだろうな……。

それから二十分後。私は数カ月ぶりの商業区へと足を踏《ふ》み入《い》れた。

太陽の光を浴び、キラキラと輝く金色の髪《かみ》。

ククリカ・ラリーは、今日も見るからにヒロインだった。

「シドさん、こっちもお願いできますか？」

「はい」

じーっと裏口の様子を物陰《ものかげ》から覗《のぞ》くのは、制服姿の私と剣《けん》を背負ったゾルド。若手冒険《ぼうけん》者《しゃ》が、お嬢様《じょうさま》の護衛をしているように見えるだろう。

けれど私の従者が本業のはずのシドは、今現在ヒロインの弁当屋さんの裏手で野菜や小麦粉の入った袋《ふくろ》を荷車から店の中へ運び込むという労働をしている。

メガネにダークグレーのシャツに黒いズボン、黒いベストというシンプルな姿は、袖《そで》を肘《ひじ》までまくっているところがまたかっこよさを感じさせた。

下働きっぽい格好をしているけれど、ヒロインと笑い合っている姿はメインヒーロー並みの特殊《とくしゅ》効果を放っていてキラキラして見える。

「お似合いですね～」

――ゴスッ……。

「ふぐっ」

「静かにして。見つかっちゃうじゃない」

お腹《なか》に拳を入れると、ゾルドは大げさに患部《かんぶ》を両手で押さえて中腰《ちゅうごし》になる。

「お嬢、今、魔力《まりょく》……」

「あ、しまった。ごめん」

無意識のうちに、魔力を右手に纏《まと》わせていた。何倍も攻撃《こうげき》力が上がったパンチを食らったゾルドは、シドの観察をそっちのけで苦しんでいる。

「シドさん、ありがとうございます！」

タオルを差し出すヒロインは、純真無垢《むく》なお嬢さんという感じだった。

「いい子ね、本当に」

シドとお似合いすぎて、私は出ていこうにもそうできない雰囲気《ふんいき》を感じてしまう。

私だって美人だけれど、ちょっとキツめの顔立ちだからあんな風に爽《さわ》やかな二人にはなれない。かといって、アネット様みたいにキャラ立ちするくらいの巨乳《きょにゅう》ではないから、お色気要員にもなれない。

え、悪役令嬢って悪いことする以外に特徴《とくちょう》がない⁉

ようやく身を立て直したゾルドに向かって、私はおずおずと尋ねる。

「私とあの子、どっちが可愛い？」

「黙秘《もくひ》します」

ちょっと食い気味に答えたのは、なぜかしらね？　お嬢様にお世辞も言えないのね、この子は。逆にこっちが心配になる。

「あ、シドさん中へ入るみたいですよ。って、あれ？　あいつら確かドルクマ商会の用心棒じゃ……」

店の中に入ろうとしたシドとククリカだったが、やってきたガラの悪い二人組に声をかけられた。

「ドルクマ商会？　って最近よくない噂を聞くところよね？」

「地上げに闇金《やみきん》、違法《いほう》薬物の売買、奴隷商《どれいしょう》なんかもやっていると噂です」

あの商会は、王都のいくつかの土地を転売したり、借金漬《づ》けになった貴族の邸を買い取ったりしていると聞いたことがある。うちと比べると規模は小さいけれど、彼らのバックには違法賭博《とばく》や闇オークションに絡《から》んでいる極悪《ごくあく》組織がいるかもしれないという話だ。

「賃貸《ちんたい》料の上乗せ分を、今日中に払《はら》ってくれないと困るんだよなぁ。お嬢さんよ」

「そんな！　前の家主さんからはそんな話は一度もありませんでした！」

「前の家主は前の家主だ。今はドルクマ商会がこの土地と建物を買収したんだ、さっさと払え」

「いきなり無理です……！」

さすがヒロイン！　トラブル体質だわ!!

推察すると、このお店は賃貸物件で家主さんが変わっちゃったと。それで新しい家主が悪の組織だったわけね。法外な賃料を上乗せされて、脅《おど》されているってことか。

シドは彼女を庇《かば》うようにして立っていて、ドルクマ商会の男たちを睨《にら》みつけている。

「何かあったのか？　ククリカ」

店の奥から、店主らしき青年が現れた。

ものすごくいい人そうで、とても戦闘ができるようには見えない。完璧《かんぺき》な一般人だ。

「あぁ、エディ！　この人たちがまた……」

青年に泣きつくように縋《すが》るヒロイン。しかしガラの悪い男たちは待ってくれない。

「店主さんよ、今日中に金貨二枚用意しとけって言っただろう」

「無茶ですよ！　金貨二枚だなんて」

蒼褪《あおざ》める青年。ククリカと寄《よ》り添《そ》うようにして怯《おび》え、シドだけが堂々としている。

「あぁん？　おまえは見ない顔だな」

無謀《むぼう》にも、男がシドに喧嘩《けんか》を売った。ただの下働きと思っているんだろう。

「違法な賃上げ、取り立ては禁止されていますよ〜。早めにお帰りになった方がよろしいのでは？」

シドは笑顔で対応するが、それが気に食わない男たちは暴力に訴《うった》えようとした。

「なんだ、おまえは！　法律なんて通用しねーんだよ！　ここにはここのルールってもんがあるんだ、よく覚えておけ……ってイタイイタイイタイ!!」

あ〜あ、シドの胸倉《むなぐら》を摑《つか》み上げようとした髭《ひげ》の男が、逆に腕《うで》を捻《ひね》り上げられた。

「えー、お帰りくださいー。ここは平和なお弁当屋さんですから」

「ぎゃあああ！」

ゴリッと痛そうな音がして、肩《かた》が外れた男は地面をのたうち回る。

もう一人の男がぎょっと目を見開いて固まっていると、シドは笑みを崩《くず》さず魔法《まほう》を放った。

右手からバチバチという音がして、手のひらの上で金色の稲妻《いなずま》が光っている。

「おまえ、魔導士か⁉」

紫《スピネル》に喧嘩を売ってしまったのは、彼らにとって不運だった。普通《ふつう》の人間じゃ絶対にシドには勝てない。

ヒロインと店主は、店の扉の前でぽかんと口を開けて立《た》ち尽《つ》くしていた。

「手荒《てあら》な真似《まね》はやめてくださいねー。反撃《はんげき》しないといけなくなるじゃないですか？」

「手荒な真似をしたのはおまえだ！」

「えー？　肩は外しても、入れたら元に戻りますよ？　人間って便利ですよねー。あ、でもさすがに黒焦《くろこ》げになったら戻らないか。手加減って苦手なんだけどなー」

一瞬《いっしゅん》だけ怯《ひる》んだ男たちは、負け犬のような目でシドを睨みつけると、懐《ふところ》から小さな箱を取り出した。それを切り札であるかのように高く掲《かか》げ、ニヤリと笑って言う。

「これがあれば、魔導士だって怖《こわ》くねぇんだよ！　魔法を無効化する魔法道具だ！」

「へー」

「もっと驚《おどろ》けよ！」

――パリンッ……。

地面に投げつけられたそれは、割れると同時に跡形《あとかた》もなく消え去った。

おそらく、もう魔法を無効化する力は発現している。

「へぇ、使い捨てか。素材を調べたかったけれど、跡形なく消えるなんてな」

興味深そうにそれを眺《なが》めていたシドに、見ている私の方が焦《あせ》ってしまった。

魔法を無効化されたら、いくらシドでも危ないんじゃ……。

気づいたらもう無我夢中《むがむちゅう》で飛び出していた。

「やめて！　私のシドに何するのよ！」

「「お嬢⁉」」

シドとゾルドの声がハモる。

「なんだ、お前は。その男の連れか？　ちょうどいい」

男は私を見ると捕《つか》まえようと手を伸《の》ばした。

しかし、その手は私に届く前にシドによって雷撃《らいげき》を食らう。

――ズドンッ！

「ぎゃあぁぁ！」

髭の男の右手から、黒い煙《けむり》が上がる。落雷《らくらい》があったかのように、手《て》の甲《こう》が焦げていた。

「お嬢を見るな」

「「見ただけで⁉」」

「触《さわ》ったら消す」

「「ひぃぃぃ‼」」

シドは、絶対零度《れいど》の冷酷《れいこく》な目で彼らを見下ろす。

男たちが震《ふる》えているうちに、私はそばへ駆《か》け寄った。

「シド！」

「お嬢、なんで来たんですか？　ダメでしょう、不用意にうろついたら」

左腕で抱《だ》き寄せられ、守られたことにキュンとなる。

何これ、ヒロインみたい！　ドキドキしていると、シドが男たちを牽制《けんせい》する。

「これ以上この店で何かしてみろ。おまえらの商会ごと破壊《はかい》する」

「「ぎゃぁぁぁ‼」」

「あ、火攻《ひぜ》め水攻《みずぜ》め雷攻《かみなりぜ》め、どれにする？　お勧《すす》めは雷かな、もう今ここに出してるから」

二連続でズガンと地面に雷撃が落ち、男たちは腰《こし》を抜《ぬ》かし這《は》うようにして逃《に》げていった。

「もうちょっと根性を見せてくれないと、過剰《かじょう》防衛になるから困るんだけどな～」

「シド、あなた……」

なんで魔法を使えるの？　無効化の道具を使われたはずでは？

きょとんとしてシドを見上げると、彼は優しい顔つきに戻っていた。

「あんな低級道具では、紫《スピネル》の魔導士は抑《おさ》えられませんよ」

シドの答えに、私を含《ふく》めヒロインと青年もぽかんとしている。静かになった店の前で、シドはヒロインの方を振り返って苦笑いになった。

「大丈夫《だいじょうぶ》です。もうここへは二度と来ないでしょう」

「ありがとうございます……。えっと、シドさんは臨時で来てくれた荷運びのお手伝いさんじゃなかったんですね？」

ククリカが恐《おそ》る恐る尋ねる。

私はここでようやく、シドが臨時のバイトとしてヒロインに接触していたことを知った。

「騙《だま》していてすみません。俺はマーカス公爵家の人間なんです。ちょっと気になることがあってここで働かせてもらいました」

「マ、マーカス公爵家って、あの⁉」

ヒロインが絶句している。さらに「はっ」と何かに気づいた声を上げ、ゆっくりとその蒼《あお》い顔を私に向けた。

呟《つぶや》いた言葉は、消え入りそうなくらい小さかったけれど、私の耳にはしっかり届く。

「嘘《うそ》……本物の悪役令嬢」

やっぱり！　私のことを知ってるんだ！

この間は、制服じゃないからわからなかったのかな。とにかく、逃げられないうちに話をしなきゃ。

もうこうなったら仕方がない。腹をくくってしまえヴィアラ！

「わたくし、ヴィアラ・エメリ・マーカスと申します。ククリカ様、お話をさせていただいてもよろしいでしょうか？」

にっこり笑った顔が、ククリカにどう見えていたかはわからない。

ガクガクと震えながらも、「わかりました」と何度も頷《うなず》いてくれた。


古い木造の一軒家《いっけんや》。ヒロインが働いていたお弁当屋さんは、一階が店舗《てんぽ》で、二階・三階が住宅になっていた。

ゾルドは馬車で邸に戻らせて、シドと二人でヒロインとの話し合いに挑《いど》む。

「どうぞ」

「ありがとう」

リビングの真ん中には、パンやクッキーを作るときに作業台にでもなりそうな大きなテーブルがあり、私とシドはそこへ案内された。

隣《となり》同士に座る私たちの目の前には、ククリカ・ラリーが座った。テーブルの上には、庶民《しょみん》がよく飲んでいるとうもろこし茶のカップが並ぶ。

——カタカタカタ……。

小刻みに揺《ゆ》れる陶器《とうき》のカップ。ヒロインが尋常《じんじょう》じゃないくらい震えている。

「ほほほほ本日は、どのような、ごごごご用件で」

「落ち着いて！　あなたをどうにかしようとして来たんじゃないの‼」

私が慌《あわ》ててそう言うと、半泣きのククリカは「え？」とこちらを上目遣《うわめづか》いに見た。

真正面からその可愛さに撃《う》ち抜かれ、私は息が詰《つ》まりそうになる。

「えっと、あなたは転生者ということでよろしいかしら？　私と同じで」

彼女の目が大きく見開かれた。いきなり本題に入って早急《さっきゅう》な気もするけれど、こういうことはズバッと言った方が話が早い。

じっと返答を待つ私。

ゴクリと唾《つば》を飲み込んだククリカは、覚悟《かくご》を決めたように「はい」とだけ言った。

やっぱり。全部わかっていて、あえて学園に来なかったんだ。

「自分がヒロインだってことは、わかっているのよね？」

「………はい」

「学園に入学しなかったのはなぜかしら？」

「それは、その、ほかにやりたいことがありまして」

曖昧《あいまい》な笑みには、ククリカの困惑《こんわく》が見て取れる。

小説の通りに学園へ通うよりやりたいことって、このお店のことかしら？

さらに説明してくれるのを待っていると、彼女はぽつりぽつりと口を開く。

「このお店がそうなんですが、私は和食を作って広めたいなって、そう、思って……。

『ヒロインは学園へ通う』ってわかっていたんですが、自分がやりたいことを選びました」

言いにくそうに、視線をテーブルに落としたまま彼女は話した。

私が買って食べたお弁当が、彼女の『やりたいこと』だったらしい。

「異世界メシテロを選んだのね……！」

私はすべてに合点《がてん》がいき、遠い目をする。

彼女が語った内容はある程度予想していたものの、本人の口から聞くと腑《ふ》に落ちた。

ところが、シドはこの期に及《およ》んで改めて確認《かくにん》する。

「今からでも学園に来るつもりはありませんか？」

ぎょっと目を瞠《みは》る私。

シドは優しい青年の皮を被《かぶ》って、ククリカを見つめる。ちょっと詐欺師《さぎし》っぽい……。

「学費や生活費はすべてマーカス公爵家が用意しましょう。ですから、入学するつもりが少しでもおありなら、ぜひそうしてほしいんです」

シドにそう言われたククリカは、申し訳なさそうに返事をした。

「入学の意思はありません。その、学園に行く必要がありませんから……」

「そうですか。残念です」

シドはあっさりと引いた。無理強《むりじ》いしたくないという私の意向に沿ってくれたのだ。

ククリカはシドが諦《あきら》めたことにホッとした表情を見せる。

「あの、お二人はどうしてこちらに？　私さえいなければ、ヴィアラ様はバロック殿下と仲良く暮らせるんじゃないでしょうか？」

今度はククリカが尋ねる。

確かに、ここが小説の世界と気づいたら『ヴィアラは殿下を好き』だと思うだろう。

私は苦笑いで答えた。

「仲良く暮らしたくないと言いますか、バロック殿下があまりに俺様なので婚約を取りやめたいと言いますか、それでももしもあなたが殿下を好きなら応援したいなぁって思って」

つい歯切れが悪い言い方になってしまったけれど、ククリカはすべてを察してくれた。

「あぁ……、なるほど。バロック殿下は俺様ですもんね。私は本物には会ったことがないですが、記憶《きおく》の中ではかなり傲慢《ごうまん》で自己中心的だったと覚えています」

ククリカは、これまでの自分のことを語り出した。

前世の記憶が戻ったのは、十歳のとき。流行《はや》り病で高熱を出した後、自分がヒロインだということこの世界の話を思い出したそうだ。

「思い出したと言っても、本当に小説通りに進むかどうかわからなくて。でも王子様の名前はバロック殿下で、マーカス公爵家にはヴィアラ様というお嬢様がいらっしゃるって知って、『あぁ、やっぱりここは小説の世界なんだ』って思いました。だからと言って、王太子妃になりたいなんて到底《とうてい》思えなかったし、何よりうちは貧乏《びんぼう》でどうにか暮らしを立て直さなきゃって必死でした」

ヒロインの父は、お父様が酒浸《さけびた》りでロクデナシだったな……。

私はうんうん頷いて共感する。

「お父さんがすぐお金を使っちゃうから、お母さんは実家へ帰っちゃうし、私は下働きでお金を稼《かせ》いで……、実はヒロインだなんて忘れかけていたんですよね～」

ククリカが、遠い目になっている。よほど大変だったんだろうな。

「学園に入って、バロック殿下と恋をするなんて考えたくもなかったです」

「あら、どうして？　王太子妃になれば働かなくてもいいのに」

義務はあるけれど、毎日労働しなくていいっていう意味では魅力《みりょく》があるはず。

しかしヒロインは、何かを噛《か》みしめるようにして言った。

「だって……！　俺様王子を更生《こうせい》させるって大変そうじゃないですか！」

「それはそうね」

ものすごくまっとうなご意見だ。

小説なら許せても、自分がヒロインになるとしたら避けたくなるのはよくわかる。

「出会ったときから完璧な王子様なら、心が揺れ動くかもしれません。でも、俺様王子の傲慢さを更生させるって私には耐《た》えられません！　私は小さい頃からこんなに苦労しているのに、なんでも持っている王子様がどうしてバカ……いえ、あの、どうして内面が成長なさっていないのかと思ったら腹が立って腹が立って」

「あなたけっこう正直者ね」

「庶民には庶民のプライドがあるんです。貧乏でも真面目に働いて、がんばって生きていたらいいことがあるって思いたいんです。それに、王子様とうまくいくってわかっていてそれを利用するのは嫌だっていう気持ちもありました」

ククリカは真面目だった。

ヒロインという優位性を使って王太子妃になるのは反則だと思ったらしい。

「それに、婚約者がいるのに私が殿下に近づくなんて失礼じゃないですか。誰も幸せになりません、きっと」

自分の幸せだけを考えるのはダメってことかしら。

なんだか耳と胸が痛い。うわぁ、居たたまれなくなってきた！

彼女は、ちらりと上目遣いに私を見る。

「私という障害さえなければ、ヴィアラ様と殿下がお互《たが》いに歩み寄る未来もあるんじゃないかって。まさかヴィアラ様も転生者だったなんて、思ってもみなくて」

ククリカは、私の知らないところで自分の人生を生きていた。未《いま》だ運命に抗《あらが》えない私とは違って。

「ヴィアラ様は、殿下と結婚したくないんですよね？」

「そうなの」

今、隣に座っている従者のことが好きなんです、とまでは言えない。

「ごめんなさい。私には何もできません。お役に立てなくて本当にごめんなさい」

「いいの、こっちが勝手に探し出して、会いに来ただけなんだから。あなたには幸せになってもらいたいって思っているわ。それは本当」

しょぼんとして頭を下げるククリカを見て、私は強がって笑ってみせる。

シドは何も言わず、私たちのやりとりを見守っていた。

ところがここで、ヒロインが驚きのお知らせをもたらす。

「私、学園に行く必要がないって言ったのは、実はもう結婚しているからなんです」

「はぃ⁉」

ククリカが言うには、一年前に幼なじみと結婚したそうだ。

そのお相手というのが、先ほども一緒にいた店主の彼・エディくん十八歳。ここはもともと、彼の両親が営んでいたお店だという。

「ずっとそばにいてくれて、励《はげ》ましてくれた彼を好きになっていましたから、それもあって今さら学園に行かなくてもいいかなって。働き先を探すことになったタイミングで、『それなら一緒にお店をしないか』と、プロポーズしてくれたんです」

照れながらそう話すククリカは、どう見ても恋する乙女《おとめ》だった。

貧しいながらも、好きな人と共に暮らす毎日は楽しいと言い、今とても幸せだと笑った。

そうか……、既婚者《きこんしゃ》だったのね……！

好きな人と結婚しているこの子が小説のヒロインになって殿下と、というのはもう成り立たない。

私は幸せそうに笑う彼女を見て、どうかお幸せに……とだけ思った。

「ヴィアラ様にも、幸せな人生が訪《おとず》れることをお祈《いの》りしています」

「ありがとう」

溢《あふ》れ出《で》る幸福オーラ。それは神々《こうごう》しいほどだった。

帰《かえ》り際《ぎわ》、私はククリカをぎゅうっと抱き締める。

「ヴィアラ様!?」

「お願い、ちょっと幸運をお裾分《すそわ》けして」

ヒロインの幸せパワーはきっとご利益《りやく》があるはず。

「お嬢、絞《し》め殺《ころ》しちゃダメですよ」

シドがすかさず忠告する。私は素直《すなお》にそれに従った。

「わかってる、優しくする」

「あの、ヴィアラ様？」

ククリカから離《はな》れると、彼女は手にしていたノートを私に差し出した。

なんだろう、と疑問に思ってそれを受け取るとそこには色々な食材や料理についてぎっしり文字と絵が描《か》かれていた。

「これって」

「はい。和食やそれっぽい味がするものについてまとめたレシピノートです」

ま、まさかのお宝発見！　ノートに目が釘付《くぎづ》けになる私を見て、ククリカは微笑んだ。

「何もしてあげられませんが、よろしければレシピだけでも受け取ってください。あぁ、レシピノートは予備がお店にもあるのでお気になさらず」

「ありがとう！　来た甲斐《かい》があったわ!!」

パァッと表情を輝かせた私を見て、彼女がくすりと笑う。

「ふふっ、よかった。元気になって。転生者っていう仲間に会えて嬉《うれ》しかったですし、日本のことを知っている人に出会えるなんて考えてもみなくて……。私だけじゃないって思ったら、これからますますがんばれそうです」

ククリカは、心からそう言っているような気がした。長年の胸のつかえが取れた、そんな風にも見える。

「また来てくださいね、待っていますから」

私は笑顔で頷く。貴重な転生者仲間だもの、これから仲良くできたら私も嬉しい。

「困ったことがあったら、マーカス公爵家へ知らせてね。定期的に若い衆にも見回りをさせるから、遠慮《えんりょ》しないで頼《たよ》って。たった二人の転生者仲間なんだから」

「はい、嬉しいです。ありがとうございます、ヴィアラ様」

今日、ここへ来てよかった。成果はなくても、とてもすっきりした。

私は清々《すがすが》しい気持ちでいっぱいで、彼女に手を振る。

夕暮れの街。

私たちは、シドが乗ってきた魔導スクーターに乗って商業区を去った。

「お嬢、しっかり摑《つか》まっていてくださいね」

「は〜い」

二人乗りは久しぶりだ。運転するシドが前、私はその後ろに横座りして、彼のお腹に手を回す。

日本ならヘルメットなしで走行するなんて危険だけれど、シドが運転しているときは結界が作れるから、たとえ壁《かべ》に激突《げきとつ》しても傷を負うことはないので安全だ。

「シド、帰ったらだし巻きたまごを作りましょうね」

「はい」

このレシピは家宝にしよう、そんなことを思いながら広い背中にぴったりと頬《ほお》を寄せる。

「ねぇ、そういえばシドは結局何をしにククリカのところへ通っていたの？」

私の質問に、シドは前を向いたまま答えた。

「ククリカ・ラリーがお嬢の言う転生者というやつなら、監視《かんし》しておかなくてはと思いまして。敵になる場合は対処が必要ですから。まずは人柄《ひとがら》を探《さぐ》ってみようと、偶然《ぐうぜん》を装《よそお》って手伝いをしていました」

やっぱり私のためだったんだ。

胸の奥にくすぐったくなるような感情が湧《わ》き起こる。

「ククリカのこと、好きになったわけじゃないのよね？」

念のため確認をすると、シドはあははと笑って否定した。

「ありえません」

よかった。ヒロインは好みじゃないのね。

ホッとしたそのとき、シドがからかうような声音《こわね》で言った。

「寂しかったんですか～？」

これって、認めたらどうなるんだろう？

少し間を空けて、今度はこちらがからかうように言ってみる。

「寂しかったわ。私ってシドがいないとダメみたいよ？」

さぁ、どんな風に返事をしてくれるだろう。

ドキドキしていると、シドはいつも通りふざけて返す。

「仕方のない人ですね～。そんなに寂しかったなら、今晩は添い寝《ね》してあげましょうか？」

「なっ……!?　いらないわよ！」

「それは残念です」

あっという間にマーカス公爵家のある貴族街にまでやってきた。

白やベージュの石畳《いしだたみ》の上をなぞるように浮いて走る魔導スクーターは、丘《おか》を登るために大きくカーブをする。

横座りしている私の正面には、美しい緋色《ひいろ》の夕焼けが広がっていた。

「ククリカ、可愛かったなぁ。それにいい子だったたわ」

「そうですね」

いいなぁ、私もククリカみたいに幸せになりたい。

ヒロインがヒロインらしからぬことをしても幸せになれたんだから、悪役令嬢だって幸せになれるはず。自分の力で運命を変えた彼女のように、私も運命を変えられると思いたい。

まだ婚約解消できる気配はないけれど、やれるだけやってみよう。

「私、絶対に婚約解消してみせるわ」

どさくさに紛《まぎ》れ、シドに抱きつくように腕の力を強める。

「させますよ、俺が絶対に」

シドは自信満々に、そう宣言する。

なんの展望も見えないけれど、シドがいてくれるならがんばれそうな気がした。

第四章 婚約解消は一日にしてならず

抜《ぬ》けるような青空に、大きな白い入道雲。

気温は二十二度とそれほど高くないけれど、見上げれば爽《さわ》やかな青が広がっている。

私がマーカス公爵《こうしゃく》領へ戻《もど》ってきて早五日。久しぶりの領地は平和そのもので、だからすっかり油断していた。

「え、殿下《でんか》がわざわざ来るんですか？」

城での仕事を終えてやっと追いついたお兄様が、疲《つか》れ切《き》った表情で書簡を見せてきた。

『婚約者《こんやくしゃ》であるヴィアラ嬢《じょう》の誕生日を祝うため、バロックをそちらへ向かわせる』

国王陛下が余計なことをしてくれた、とお兄様は嘆《なげ》く。

金髪《きんぱつ》を後ろで一つに結んでいるのは、魔導《まどう》スクーターでここまで来るのに邪魔《じゃま》だったからだろう。顔の横にはらりと落ちる後《おく》れ毛《げ》すら、芸術的に見えるくらいの美形をおもいきり歪《ゆが》ませて文句を吐《は》き出《だ》す。

「せっかく兄妹《きょうだい》水入らずの時間を過ごそうと思って、領地での誕生日パーティーを企画《きかく》したのに……！　おのれ陛下め、愚息《ぐそく》は縄をつけて牢《ろう》にでもぶち込んでおけばいいものを！」

うん、王子を牢に入れるのはどうかと思うわ、お兄様。

書簡には、バロック殿下の到着《とうちゃく》日時は明後日《あさって》の昼だと書いてある。

「もう王都を出発しているってことですよね。長旅してまで来なくていいのに」

私の誕生日を祝う気なんてさらさらないのに、四日もかけてここまで来るのか。陛下の命令は絶対なんだなぁ、と改めて思う。

「マーカス公爵領の視察も兼《か》ねているそうだ。うちの発展を、国として調査したいという意向もあるんだろう」

お兄様は、クラバットを緩《ゆる》めて襟《えり》のボタンを外し、一人掛《が》けの椅子《いす》に腰《こし》を下ろす。

エルザがそっと近づき、脱《ぬ》いだ上着やクラバットなどを無言で受け取った。

「こちらに来るということは、しばらく滞在《たいざい》するってことですよね？　客室を、いえ、いっそ離《はな》れを用意しましょうか？」

「そうだな、絶対にヴィアラの部屋へ近づけないよう警備も見直さねば」

婚約者を訪問という名目はあるものの、私との接触《せっしょく》は最低限にしておきたい。これはマーカス公爵家の総意である。

シドは書簡の内容を確認《かくにん》すると、今後の対応を思案し始めた。

「迎《むか》えはどうします？　アルカディア城の湖畔《こはん》まで馬車をつけるよう、準備してはどうでしょう」

　領内にある一番大きな城、そこで私の誕生日パーティーは開かれる予定になっている。

「あそこなら背後が山で、正面は湖、殿下がどこかへ勝手に出ていくことはないはずです」

　今いる邸《やしき》とはまた別なので、いっそそこへ閉じ込めようというシドの考えをお兄様は採用した。

　殿下が勝手に領内や街をうろうろして、領民と問題を起こすと困るからね。

「ヴィアラの十七歳の誕生日が……！」

　到着したばかりだけれど、お兄様はすでに多くの予定変更《へんこう》に頭を悩《なや》ませている。

「あああ、罠《わな》も結界もやり直しだ！　ただでさえ招待客のもてなしで忙《いそが》しいのに」

「お兄様、あまりイライラすると歯ぎしりで歯が削《けず》れますよ」

　せっかくの美形だ、大事にしてもらいたい。

「あぁ、可愛《かわい》いヴィー。心配してくれるだけで心が癒《いや》されるぞ」

「大げさですね。そういえば最近は特にお忙しそうでしたね。何かあったんですか？」

「まぁ、色々とな。西側の海岸沿いで魔物《まもの》が増えていて討伐《とうばつ》隊を編成しようとしたんだが、やれ派閥《はばつ》ごとに兵の数を調整しろだの、やれ西より東から行かないと資金がかかるだの」

　お兄様は宰相《さいしょう》様の補佐官だから、何かとややこしい話が舞《ま》い込んでくる。

「この忙しいときに、殿下の来襲《らいしゅう》とは……！　いっそヴィアラを連れて王都へ戻ってやろうか」

「まさかの入《い》れ違《ちが》い⁉」

さすがにそれは無茶だろう。

立ち上がって私を抱き締め、癒しを補給しているお兄様をどうにか宥《なだ》める。

「あ、そうです！　殿下が来るなら、アネット様も呼んでいいですか？　魔物が増えているっていっても、うちまで魔導スクーターを繋《つな》げた馬車で警護すれば問題ないですよね？」

私の提案に、二つ返事でお兄様は了承《りょうしょう》した。

「それは名案だ。ヴィアラの友人代表として、アネット嬢にも誕生日パーティーに参加してもらおう。到着がギリギリになるが、大丈夫《だいじょうぶ》だろう。ロッソ、魔導スクーターで先ぶれを出《だ》し、馬車を手配してアネット嬢を速《すみ》やかに拉致《らち》してこい」

「かしこまりました」

お兄様の指示を受け、ロッソが若《わか》い衆《しゅう》を動かしに向かった。拉致という表現はおかしいと思うんだけれど、多分ほとんどそんな状態になるだろうな。

マーカス公爵家から迎えが来て、嫌《いや》だと言える家はない。ごめんね、アネット様！

そうと決まれば、殿下を迎えるプランを立てなくては。

「視察に行く場所はお決まりのルートがあるから大丈夫だとしても、パーティーだけじゃなくて、遊びも入れておかないと怒《おこ》るでしょうね」

両親が早くに亡《な》くなってしまったマーカス公爵家はお兄様が当主に就《つ》いているが、お兄様には宰相補佐官の仕事もあるので、領地の仕事は私と二人で分担している。

街づくりや福祉《ふくし》、防衛、税金関係はお兄様が担当で、観光や農業、工業分野に関しては私の仕事だ。つまり、殿下が好きそうなものを把握《はあく》しているのは私である。

こうした仕事をするには通常であれば側近の侍従《じじゅう》が必要になるが、お兄様が私の周りに男性を置きたがらないということもあり、これまでずっとシドが補佐してくれていた。

「カジノを貸し切りにする？　でも遊びを覚えすぎると、歯止めが利《き》かなくなるわよね。ビーチを貸し切りにして、アネット様と水着デートでもしてもらいましょうか」

ちょっと寒いのは魔法《まほう》道具でなんとかなる。

「カジノは面倒《めんどう》事の元ですから、やめた方がいいかと。それにあれ以上堕落《だらく》すると、今後この国が亡《ほろ》ぶ可能性があります。海がいいですよ、海が」

シドが賛同してくれたので、私は健全な観光と豪遊《ごうゆう》を殿下に提供することにした。私と一緒《いっしょ》に領地のあれこれをやってきたシドなら、各部門の責任者にも顔が利くし、方々への手配もお手の物だ。

「殿下のお供はどれくらい来るかな。二十人くらい？」

「ざっと三十人ってところですかね。近衛《このえ》に従者、世話係と治癒士《ちゆし》も連れてくるのでは」

「う～ん、客室は余裕《よゆう》で足りるけれど、いきなりだから使用人の手が回るかどうか不安だわ。殿下の世話となれば、今さら募集《ぼしゅう》するわけにもいかないよね」

王都から魔導スクーターで使用人を呼び寄せるか、と段取りを巡《めぐ》らせる。

まったく迷惑《めいわく》なことをしてくれるものだ、国王陛下は。

「これが相思相愛の婚約者なら、急に来ても嬉《うれ》しいものなのかしら」

思わずそんな言葉が漏《も》れる。

苦笑いを浮《う》かべるシドに向かい、お兄様がふと気づいたように命令した。

「シド、例の物を急げ。万が一のことがある、ヴィアラのことをなんとしても守らねば」

「例の物？」

お兄様の言葉に、私はきょとんとした顔で尋《たず》ねる。

「殿下がヴィアラに手出ししないよう、魔法道具を作ることにしたんだ」

手出しされないようにってことは、防御《ぼうぎょ》系ってことよね。スタンガンか何かだろうか。

「え、シドが作ってくれるの？」

「はい。三日で仕上げます」

「早っ！」

びっくりして目を丸くすると、シドはあははと軽快な笑い声を上げた。

「後期の登校に間に合うように作ろうと思っていたので、もうすでに形や魔術式《まじゅつ》はできているんです。ただ耐久性《たいきゅう》が必要なので、領地にいるドワーフ職人に素材をもらおうと思いまして」

領地には魔導スクーターや魔力砲《まりょくほう》、魔力銃《じゅう》の型を作ってくれたドワーフの職人がいるから、シドはもともと帰郷中にそこへ行くつもりだったらしい。

「あ、私も行くわ！　頼《たの》みたいことがあったの」

「お嬢が？　一体何を頼むんです？」

シドが首を傾《かし》げる。武器職人のドワーフに、公爵令嬢《れいじょう》が用事なんてないと思っているんだろうな。ところが私には、重要な用事があった。

「たまご焼き専用フライパンを作ってもらおうと思って」

丸いフライパンしかないから、四角いのが欲《ほ》しいのだ。しかも絶対に焦《こ》げつかないフライパンが。

ククリカからもらったレシピノートには、たくさんの和食の作り方が書かれていて、シエフがどんどん作ってくれているんだけれど、だし巻きたまごは丸いフライパンだとどうしてもうまく作れないのだ。

味はいいんだけれど、見た目が綺麗《きれい》にならなくて困っていたとき、「そうだ、領地に行けばドワーフ職人がいる」って思いついたんだよね。

「じゃあ、すぐに向かいますか」

魔導スクーターなら、ここから城まで十分程度だ。

私は動きやすい乗馬服に着替《きか》え、いつものようにシドと二人乗りで出かけた。


瞬《また》く間《ま》に時間は過ぎ、殿下が到着する日がやってきた。

鮮《あざ》やかなパステルブルーの湖面に映る、美しい空と雲。幻想《げんそう》的な風景にうっとりするところなのに、橋の向こう側から迫《せま》る現実に私の表情は冴《さ》えない。

土埃《つちぼこり》に、馬のいななき。

騎兵《きへい》に囲まれた豪華《ごうか》な馬車が、美しい湖畔に到着する。遠目から見ても眩《まばゆ》いご一行様は、出迎《でむか》えのために整列した私たちを呆《あき》れさせた。

「うわ〜、目立ちますね。よくあれで盗賊《とうぞく》に襲《おそ》われなかったな〜」

シドが呆れ半分で声を上げる。キラキラ光る外装の馬車は、どう見ても「お金持ちが乗っていますよ」と声高《こわだか》に叫《さけ》んでいるようなものだった。

「殿下は派手好きだから、質素な外装は嫌がるのよ」

とはいえ、今日の私も相当着飾《きかざ》っているので人のことは言えない。

薄桃色《うすももいろ》のドレスはふんだんにレースや宝石を纏《まと》いつけたドレープの多い豪華な意匠《いしょう》で、そこに水晶《すいしょう》の煌《きら》めくネックレスやイヤリングなど宝飾品《ほうしょく》もしっかり着けている。品のよさは意識したけれど、公爵令嬢の戦闘服《せんとう》ともいえるドレスを纏った私は、皮肉にも王子様の婚約者にふさわしい姿だった。

好きでもない婚約者のために三時間もかけて着飾るとは……、と自嘲《じちょう》めいた笑《え》みを浮かべていると、シドが私の憂鬱《ゆううつ》をかき消すように明るい声で褒《ほ》めてくれた。

「そういえば、今日は一段とお綺麗ですよ」

「っ!? あ、ありがとう……？」

ふいにそんなことを言われると、びっくりして声が上擦《うわず》ってしまう。

でも、そう言うシドだって今日は正装の上に光沢《こうたく》ある青いローブを羽織っていて、とても凛々《りり》しい姿になっている。

王太子殿下の訪問は、彼の中身さえ知らなければ世間的にはとても栄誉《えいよ》なことなので、護衛の魔導士《まどうし》も騎士《きし》も皆《みな》いつもとは違う煌びやかな衣装《いしょう》を身に着けていた。

お兄様と私を先頭に、使用人や護衛の中でも比較的《ひかくてき》『普通《ふつう》の人相のメンバー』がずらりと並んで殿下を出迎える。

「ようこそ、マーカス公爵領へ。お待ちしておりました」

「お兄様、まだ殿下は橋の向こうです」

人見知りが激しいお兄様は、百メートルは先の殿下に向かって挨拶《あいさつ》を始める。いくらなんでも遠すぎる、絶対に聞こえていない！

「笑顔《えがお》、笑顔です。お兄様」

「これが限界だ……」

口角だけかすかに上げるお兄様は、今にも射殺しそうなくらいの眼力で橋の向こうを睨《にら》んでいる。

「イーサン様。あれは赤トウガラシであって、人間じゃないって思って接してください」

「赤トウガラシ……」

視線の先には、真っ赤な髪《かみ》をしたバロック殿下。近衛騎士や従僕《じゅうぼく》、それに教会に所属している神官を治癒士として連れてきていた。

「わざわざ神官を連れてくるなんて」

聖アテナイエ教会と魔導士協会は仲が悪い。

若手神官や魔導士には敵対意識がないものの、国家の中枢《ちゅうすう》で教会と魔導士協会の権力争いがあるらしく、基本的には不可侵《ふかしん》というか互《たが》いを無視している状態だ。

教会の言い分としては、闇《やみ》魔法を使える魔導士は信徒として認めないという理屈《りくつ》なんだけれど、シドとお兄様は闇も聖もどちらも使えるのになぜ敵視されるのか不明である。

こちらは敵視する理由がないのでなんとも思っていないが、双方《そうほう》の関係は良好とは言えない。

そんな状況《じょうきょう》でうちに神官を連れてくるのは、問題を起こす気満々ということなのか、果たして何も考えていないのか。体調管理の役目があるなら、神官でなくお城の医師を連れてくればいいのに。

「連れてこられた神官が可哀想《かわいそう》ですよね～」

「よりによって、紫《スピネル》のお兄様が頂点に君臨するマフィアの巣窟《そうくつ》に……」

哀《あわ》れみの感情を抱《いだ》く私たちの元へ、ざっと三十人を従えて殿下が橋を渡《わた》って歩いてくる。

ようやく正面までやってきた殿下は、私を見ると尊大な態度で「来てやったぞ」とばかりにニヤリと笑った。

「出迎えご苦労。ヴィアラ、イーサン」

「ようこそお越《こ》しくださいました。城内にお部屋を用意しておりますので、まずはそちらでお寛《くつろ》ぎください」

お兄様の険しい顔つきはいつものことだから、殿下は何も言わなかった。

私はお兄様の隣《となり》で、笑顔を作ってただ立っているだけに徹《てっ》する。

しかし殿下は私の背後にいたシドを見つけると、露骨《ろこつ》に顔を顰《しか》めて敵意を露《あら》わにした。

「……忌々《いまいま》しい犬め。そいつを私に近づけるな、わかったな」

いきなりの暴言に、私はぎょっと目を見開く。これまでもシドを敵視するような言動はあったけれど、近づけるなと命令されたのは初めてだ。

その横暴な態度に怒《いか》りがこみ上げ、私はキッと殿下を睨んで反論する。

「お言葉ですが、ここに控《ひか》えている者たちは皆マーカス公爵家の精鋭《せいえい》です。いくら殿下のお言葉とあっても、理由なく遠ざけることはできません」

「私に意見するとは、もう王太子妃《ひ》になったつもりか？」

いや、ならないから。絶対に王太子妃なんかにならないから。

殿下は私を嘲笑《あざわら》うかのように見下ろす。

ところがここで私たちの間に割って入ったのは、殿下の従者・リアン様だった。

「バロック様、いけません。陛下から紫《スピネル》の魔導士に指導を受けるようにと、あれほど念を押されたではないですか。シド様は国内に八人しかいない紫《スピネル》です。お願いですから、赤《ルベライト》から青《サファイア》になれるように協力を仰《あお》いでください」

「うるさい！」

殿下は従者に対し、怒声《どせい》を浴びせる。普段《ふだん》からイエスマンでオロオロしがちなリアン様は、今にも泣きそうな顔で狼狽《うろた》えていた。

「で、ですが陛下が……！」

「おまえは誰《だれ》の従者だ！　黙《だま》っていろ！」

どうやら陛下は、殿下がいつまでも青《サファイア》になれないことを問題視し、休暇中《きゅうかちゅう》にシドか

ら魔法を習うよう言いつけたらしい。

バロック殿下は自分以外の全員を見下しているし、まして平民のシドのことは犬扱《あつか》いするほど選民意識を持っている。

格下の存在だと思っているシドから魔法を教われと言われ、プライドが傷ついたんだろうな。どうりで、いきなり敵意を向けてくるわけだ。

「おまえごときが紫《スピネル》など、私は認めない」

「どうも、お褒めいただき光栄です」

「誰も褒めてない！」

シドはあっけらかんとしたもので、笑顔で返答した。気の抜けた声はシドらしいけれど、王太子相手にこの態度は不敬だと斬《き》られても仕方ないような強気な姿勢だ。

「殿下、こんな場所で立ち話をするよりもお部屋へどうぞ。滞在中のご予定を確認いたしましょう」

お兄様が冷静にそう促《うなが》すと、殿下は捨《す》て台詞《ぜりふ》を吐いてから城内へと向かう。

「ふんっ、命拾いしたな」

残った私たちは、こっそりとため息を吐《つ》いた。

「申し訳ございません」

リアン様は平謝りだった。

「陛下はグラート・ロベルタ様に殿下の指導を頼んだのですが、あっさり断られてしまったのです……」

シドの師匠《ししょう》である紫《スピネル》のグラート様は、王族のお抱《かか》え魔導士だが束縛《そくばく》されるのを嫌《きら》うため教育係なんて向かない。シドたち弟子《でし》のことも、実践《じっせん》訓練を課してとにかく死ぬ寸前まで魔力《まりょく》を使わせて鍛《きた》え上《あ》げるというスタイルだったと聞いている。

陛下はグラート様に断られて頭を悩ませたそうだが、マーカス公爵家にはシドがいることを思い出して「これを機に指導を」と殿下に命令したという。

ちなみにお兄様は人見知りがすごいから、紫《スピネル》でも教育係には無理だと判断されたらしい。

国王命令が下ったとはいえ、バロック殿下本人がまったくその気じゃなくて、リアン様はここに着くまで何度も説得を試みたが物別れに終わったと話す。

「別に俺は引き受けてもいいですけれどね～。ただし殿下が修業《しゅぎょう》についてこられるかどうかはまた別です」

マーカス公爵家流だろうがグラート流だろうが、修業は厳しい。

シドが言うには、その修業に耐《た》えられるくらいならすでに青《サファイア》にはなれているだろうと。

「つまり？」

「殿下には無理ですね～」

やる気がない人に教えるのは、才能がない人に教えるよりも難しい、とシドは苦笑《くしょう》する。

「あ、俺より適任がいるんじゃないですか？　神官を連れてきているんでしょう？」

シドがちらりと視線を向けた先には、真白い神官服を纏った美形が立っていた。

私への挨拶のために、ずっとこちらを窺《うかが》っていたようだ。

「ヴィアラ様、お久しぶりです」

銀髪《ぎんぱつ》、青目のイケメン神官は、ノア・ストランド様。長い髪を後ろで一つに結び、儚《はかな》げな笑みを浮かべた彼はお兄様の元学友。唯一無二《ゆいいつむに》の親友である。

ノア様はストランド侯爵《こうしゃく》家の三男だが、庶子《しょし》ということで幼少期から教会で育った。複雑な生《お》い立《た》ちながら今では神官長を務めていて、殿下の旅に治癒士として帯同するほど文句なしのエリートだ。

ちょっとメンタルが弱めなところはお兄様といい勝負で、仕草も口調も穏《おだ》やか。話しやすい人柄《ひとがら》から私は好きだ。

「ノア様、お久しぶりです！　お元気でしたか？」

私が向き直って笑顔で挨拶をすると、ノア様は控えめに微笑《ほほえ》む。

中性的な顔立ちでイノセントなノア様は、教会で最も人気のある神官だけあって微笑みが神々《こうごう》しい。貴婦人がノア様にアピールしたくて、寄付金をどんどん出すのがわかる。

この人はお兄様の親友だから、教会幹部とはいえマーカス公爵家に対してむしろ好意的だ。なるほど、教会だってバカじゃないんだから、うちに対して敵意を持った神官を送ってこなかったってことね。

「私はいつも通り、変わりなく過ごしております。ヴィアラ様にお会いできて光栄です」

「ふふっ、私もお会いできて嬉しいです。後でお兄様と一緒に、三人でお茶でもしませんか？　きっとお兄様も喜ぶと思います」

「はい、ぜひともそのように」

笑顔のノア様は、おもむろに懐《ふところ》を探《さぐ》り出す。

そして、コルク栓《せん》をした瓶《びん》を取り出し中にあった錠剤《じょうざい》を貪《むさぼ》り始めた。

――ポリポリポリポリ……。

「ノア様！　まだダメです！　客室か控えの間にしてください！」

リスが木の実を食べるみたいに、ポリポリと胃薬を食べている。緊張《きんちょう》すると、すぐに胃薬を食べるのが彼の癖《くせ》だ。こんな姿は、とても貴婦人たちには見せられない。

――ポリポリポリポリポリ……。

「すみません、どうにもこれがないと落ち着かなくて」

胃薬依存症か！　イノセントと依存は相反するから、キャラクター的にアウトですよ！

私はノア様の手を取って城内へと向かい、人目から胃薬ジャンキーな姿を隠《かく》そうとした。

「すみません、お手を煩《わずら》わせてしまって」

低姿勢なノア様。ここに来たときに「顔色が悪いな」って思っていたけれど、青白い顔で震《ふる》えている姿はいじめられた小動物っぽい。

「殿下がワガママばかりでもう、道中が大変で……」

「それは災難でしたね」

「神官のための悩み相談室や懺悔《ざんげ》室はないものか、と本気で考えました」

よほどつらい思いをしたんだろう。

一番近い応接室へノア様を案内した私は、長椅子《ながいす》の隣に座ってその背を擦《さす》る。

「お水をもらってきましょう」

「ヴィアラ様にそのようなことはさせられません。自分で、行き、……ごふっ」

おもいきり胃薬が喉《のど》に詰《つ》まっている。

オロオロしていると、ノア様の背をさする右手をぐっと掴《つか》まれ、強引《ごういん》に引《ひ》き剝《は》がされた。

「何を……ってシド⁉」

「はーい、お水でーす」

目を瞠《みは》る私に対し、シドは水の入ったグラスを差し出す。笑顔なのに、なんだか目が怖《こわ》いのはなぜだろう。

「ノア様、お水をどうぞ！」

「ごふっ、ありがとうございます。いただきます」

ノア様は私が差し出した水を飲み、ひと息ついた。

こんなにか弱いノア様は庇護《ひご》欲をそそるけれど、あいにく私に胃を守る術《すべ》はわからない。

「お兄様に、何かいいお薬がないか聞いておきますね」

私がそう言うと、シドが冷静に突《つ》っ込んだ。

「お嬢。ただでさえ胃薬依存なのに、さらに薬漬《づ》けにするなんて残虐《ざんぎゃく》性がすごいです」

失礼な。じとっとした目を向けると、にっこりと微笑まれる。

「ヴィアラ様、お世話をおかけして申し訳ございません。少し休めばよくなりますから、どうかイーサンのそばへ」

「わかりました。具合が悪くなったら、すぐに使用人に言ってくださいね？」

「ありがとうございます」

いつまでもここにいるわけにはいかない。一応まだ婚約者だから、バロック殿下のご機嫌伺《うかが》いをしておかなくては。お兄様に任せっきりというわけにはいかないのだ。

私は移動しようとして、シドをちらりと見る。

あんなに敵意むき出しの殿下の前に、シドを連れていったらきっとまた絡《から》まれるだろう。

城内は安全だから、私を守る必要はない。従者のシドは基本的に私のそばにいるのが仕事だけれど、一時的に離れてもらった方がいいかと考えた。

けれどシドは、ニッと笑ってなんでもないことのように言う。

「行きますよ、お嬢と一緒に」

「いいの？」

私だって、シドがいてくれるのが一番安心する。でも嫌な思いはさせたくない。

「離れていたら、何かあったときに守れないじゃないですか」

「また嫌味《いやみ》を言われるわよ？」

「そのときはそのときですって。さぁ、行きましょう」

そっと背中に手を添《そ》えられると、安心感から自然に笑みが浮かぶ。

「よし、今日から五日間がんばるわよ！」

「はい。やり遂《と》げましょう」

ノア様を休ませておいて、私たち二人は廊下《ろうか》へと出た。

「シド」

「はい？」

「シドのことは、私が絶対に守ってみせるわ」

隣に立つ彼を見上げはっきりと宣言したが、シドはへらりと笑って言った。

「期待してませんよ？」

せっかくやる気に満ちていたのに、とんだあしらわれ方をしたものだ。

「酷《ひど》い！　本気で心配しているのに‼」

　怒る私に対し、シドは優《やさ》しい目を向ける。

「では、お言葉に甘えて」

　そう言うとシドは私の両手を包み込むように握《にぎ》り、額と額を合わせてきた。

　キスされるのかと一瞬《いっしゅん》身構えて目をぎゅっと閉じた私だけれど、そんな嬉しいことは起こるはずもなく。

「覚えていますか？　昔、よくこうして『いってきます』ってしたこと」

　すっかり忘れていたけれど、子どもの頃《ころ》は訓練へ行くシドを毎朝こうして見送っていた。

　額を合わせ、目を閉じて、「今日も元気で帰ってこられますように」と願うことで神様が加護をくださるというおまじないみたいなものだった。

「俺はもう神様なんて信じちゃいませんが、お嬢が願ってくれたら無事に戻ってこられるどころか、なんでもできるような気がします。殿下も退治できます」

「退治って」

　いつからか私たちが触《ふ》れ合《あ》うことはほとんどなくなり、こんなにも至近距離《きょり》で顔を近づけるのはものすごく久しぶりだった。

「なんで、今、その、これを」

　心臓がバクバクと鳴り、呼吸がしにくい。

昔とは違うと、どうしても実感してしまう。

「さっき、赤《ルベライト》から青《サファイア》への修業の話が出たんで思い出しました」

「あ、そう……」

懐《なつ》かしかっただけ?

尋ねる前に、シドは私から離れていつもと同じように距離を置く。

「行きましょうか」

「ええ、そうね」

目を伏《ふ》せたまま、差し出された左手に自分の手を重ねる。

絶対に顔が真っ赤になっているから、この熱が冷めるまではバロック殿下の部屋へ行けない。少なくとも、この速すぎる鼓動《こどう》が落ち着くまでは誰にも会いたくない。

「お嬢、大丈夫ですか?」

「何が⁉ 大丈夫に決まっているでしょう⁉」

食い気味にそう叫ぶと、シドがクッと笑いを漏らす。

これは絶対におもしろがっている。悪役令嬢を弄《もてあそ》ぶなんて、シドの方がよほど悪役だ。

「何よ」

「いいえ、何も?」

ただしこれ以上は墓穴《ぼけつ》を掘《ほ》るだけになりそうなので、私は無言のままシドに連れられてゆっくりと歩いた。

殿下がマーカス公爵領へやってきたその日は、「疲れているから休む」と宣言してくれたので、特に問題はなく一日を終えることができた。

ただし翌日からは領内の視察へ向かわなくてはならず、私とお兄様は丸一日かけて接待視察を行うことになった。

「ふん、思っていたよりは栄えているな」

公爵領で一番大きな街・トゥズは、殿下が滞在する城から馬車で三十分ほど。観光や芸術分野が盛《さか》んで、いつもお祭り気分が味わえる華《はな》やかな街だ。

「あれはなんだ？」

殿下が興味を持ったのは、街の中心部にある巨大《きょだい》な建物。

「演劇ホールを併設《へいせつ》した高級宿です。港も近いので、ローゼリア王国の高位貴族や近隣《きんりん》諸国の富裕層《ふゆうそう》によく利用されています」

私が昔お父様にねだって建ててもらった演劇ホールは、街のどこからでも見える。丸いドーム状の宮殿《きゅうでん》っぽい建物は、前世で行ったコンサートホールのイメージを伝えて建設してもらった。ものすごく目立つので、殿下も気になったらしい。

「そうですわ。チケットを手配いたしますので、ぜひ観劇へ！　私の誕生日パーティーの翌日に、ご一緒しましょう」

もちろん、一緒に行くのは私ではなくアネット様だ。万が一、私も一緒に行くとしても観劇なら観《み》るだけで時間が経《た》っていくので、気を遣《つか》って何か話す必要はない。

「まぁ、農村を見て回るよりはいいな」

農村には農村のよさがあるのに、そう思ったけれどいちいち反論していては時間と精神力がもったいない。

「せっかくのお休みですから、楽しんでください」

私が作り笑顔全開で接待している目の前では、お兄様とノア様が胃薬のブランドについて語り合っていた。

「このタイプは錠剤より粉がよく効く。苦いが胃液が抑《おさ》えられ、騎士団長の前でも吐き気《はけ》が止まるんだ」

お兄様、騎士団長の前に出ると吐き気を催《もよお》すのですか……？　誇《ほこ》らしげに話すような内容ではないけれど、ノア様も興奮気味に胃薬の話に乗っている。

「粉といえば、ビフィズッスー薬師の煎《せん》じた薬はよく効きました。残念ながら、材料となるハーブが希少だそうで、そうなればイーサンの愛用しているそれが一番ですかねぇ」

「だろう？　土産《みやげ》に持って帰るといい。今なら夏仕様のひまわりパッケージだ」

「それはありがたい」

殿下が半眼で二人を睨んでいる。自分が入れない話題をされるとおもしろくないらしい。

この人は暴君だから、胃薬なんて必要ないものね……。

私は殿下が不機嫌《ふきげん》にならないように、努めるほかはなかった。

「殿下！　今から行くぶどう園は、おいしいワインの醸造施設《じょうぞうしせつ》もあるんです。ゼリーやシャーベットも絶品なので、ぜひお召《め》し上がりください」

「甘いものはいらない」

おのれ、好き嫌いが多いワガママ王子めっ!!

「「………」」

殿下はあくびをして目を閉じる。会話をしなくていいとわかると、ホッとした。

窓の外には近衛騎士とうちの若い衆が騎乗《きじょう》して馬車を囲んでいるのが見える。

そこに見えるシドの姿は、近衛騎士に劣《おと》らぬ凛々しさでかっこいい。

こんな姿を見たら、シドが私の婚約者だったらよかったのにと思ってしまう。

お兄様たちはまだまだ胃薬談義を続けているし、私はシドを鑑賞《かんしょう》することにした。

しばらくすると、視線に気づいたシドが少しだけ微笑んでくれた。

好き!!

私もちょっとだけ微笑み返し、小さく手を振《ふ》ってみる。こんなことで機嫌がよくなってしまうから不思議だ。

視察先に到着するまでの間、私はじっとシドの姿を見つめていた。

煌びやかな馬車は、私たちを乗せてぶどう園に到着した。隣接《りんせつ》する工場は赤レンガの建物で、その入り口に馬車をつけると使用人たちが待ち構えていた。

「ようこそいらっしゃいました、王太子殿下」

農園を管理する総支配人は、やや小太りの四十代男性。薄茶《うすちゃ》色の髪をすっきりと撫《な》でつけ、揉《も》み手《で》でバロック殿下を出迎えた。

「お嬢様《じょうさま》も、イーサン様もようこそいらっしゃいました。お元気そうで何よりです。皆、歓迎《かんげい》しております」

「息災で何よりだ。要望書は後でシドに渡してくれ、改善策はひと月以内に返答しよう」

「はい」

お兄様に続き、私がにっこりと微笑むと、総支配人は嬉しそうに頷《うなず》いた。

「本日は、殿下をお招きいたしましたので、案内をよろしくね」

「かしこまりました」

私たちはぶどう園の中をぐるりと歩いて回る。

ここではワインやジュース、それに美容関係の栄養剤《えいようざい》が工場で生産されているのだ。

シドは以前から馴染《なじ》みのある従業員と気さくに挨拶を交《か》わし、近況《きんきょう》を尋ねるなどして交流を図《はか》る。

殿下は私の隣を黙って歩き、もの珍《めずら》しそうに説明を聞いていた。いつになく真面目だな、と思っていると、私の顔を見て偉《えら》そうに笑った。

「そんなに自分の仕事ぶりを見せたかったのか。私の気を引こうと必死だな」

自意識過剰《かじょう》！　私は口元を引き攣《つ》らせるが、どうにか愛想笑《あいそわら》いをキープする。

「おまえの健気《けなげ》さは認めよう。素直《すなお》になれば、可愛がってやるのに」

勘違《かんちが》いが酷い。私のことは放っておいてくれた方がいいんですけれど⁉

総支配人までが「この人、大丈夫かな？」という顔になっている。うん、その違和感《いわかん》は正しいです。

「ところで、なぜマーカス公爵領は他の領地と比べてすべての収穫《しゅうかく》高が優《すぐ》れているのだ？　陛下や宰相が不思議がっていた」

殿下はあらかじめ、うちの領地について無理やり勉強させられたらしい。

宰相様は一応殿下をなんとかしようとしているから、自分の目で見て何か感じるものがあればと思ったみたい。

後ろを歩いていたノア様も、マーカス公爵領へ来たのは初めてなので興味を示していた。

私はゆっくりと歩きながら、殿下に向かって事情を説明する。

「五年前から、農民たちが働く先を選べるようにしたのです」

この国では、領主に次いで市長や町長、地主の力が強い。実際に仕事をする農民は、代々仕えてきた地主の元で働くほか選択肢《せんたくし》などないのが普通だ。

けれど、私は日本のように転職できるようにしたのだ。

「地主が努力しなければ、農民たちに見限られるのでがんばります。賃金を不当に下げることも、つらい作業を長時間強《し》いることもなくなります。農民だけでなく地主たちも切磋《せっさ》琢磨《たくま》することで、よりよいものが作れるようにしたのです」

ノア様は「それは素晴《すば》らしいですね」と微笑んでくれた。

だが、殿下は納得《なっとく》がいかないらしく眉根《まゆね》を寄せた。

「仕える先を選ぶだと？　愚民《ぐみん》どもが偉そうに」

あまりの言い草に、私はムッと顔を顰める。

「民《たみ》がいるから、私たちは日々不自由なく暮らすことができています。彼らを労《ねぎら》うのは当然です。賃金交渉《こうしょう》もできるように法を定め、さらには一年に一度の健康診断《しんだん》も行うことを義務付け、仕事中にケガをすれば組合の予算で治療《ちりょう》が受けられるようにしました。マーカス公爵領の領民が成果を上げているのは、彼らが能力を発揮できる環境《かんきょう》を整えているからです」

「民は王侯《おうこう》貴族のためにいるのだ。勘違いするな、ヴィアラ」

ここは日本とは違う。労働者を奴隷《どれい》のように働かせる領主もいて、バロック殿下みたいに考える支配者層は実は多い。

けれど私は日本人だった記憶《きおく》が蘇《よみがえ》ってしまったから、そんな状況は許せなかったのだ。

せめてうちの領地だけは、と改革を行ってきたけれど、殿下にはまったく理解できないみたいで腹が立ってしまった。

一触即発《いっしょくそくはつ》の雰囲気《ふんいき》を醸《かも》し出してしまう私たちを見て、ノア様が必死で間に入ってフォローしてくれる。

「あああ、殿下！　神は人々の暮らしが豊かになると、喜んでくださいます！　ですから、きっと様々な手法があってどれがいいとは……」

しまった、また胃が痛くなるような役目をノア様にさせてしまった。

お兄様はぎろりと殿下を睨みつけていて、これは相当イラッときているはず。

「そろそろ次の視察先へ参りましょうか。殿下のような高貴なお方に、下々の者のことをご理解いただくのは難しいでしょうから」

私は嫌味を含《ふく》めてそう言ったけれど、殿下はまるでそれに気づかず満足げに頷いた。

そして、またもやシドに対して嘲笑うように言う。

「はっ、そこの犬なら惨《みじ》めに使われる側の気持ちがよくわかるだろうな。高貴な私には、下々の者の考えることなどわからんが」

あからさまな嫌味。ただし、シドはそれをさらりと受け流した。

「そうですよね。ですが殿下。マーカス公爵領では雇《やと》われる側が仕える先を選べるんです。上がどうしようもないと愛想を尽《つ》かされます。それをくれぐれもお忘れなく」

「なんだと⁉」

「どうぞ、馬車はあちらです」

スッと右手を出され優雅《ゆうが》な所作で案内されると、殿下もこれ以上は詰め寄《よ》れない。シドはあくまで、私の説明を念押ししたに過ぎないのだ。何も問題発言はしていない。

「犬めが……！」

不機嫌な態度で歩いていくバロック殿下に、従者のリアン様がオロオロしてついていく。

白目で気絶しそうな総支配人を他の従業員に任せると、私はくるりと振り返った。

「ノア様、ご迷惑をおかけいたしました」

美しい神官様は、控えめに笑って首を振る。

「いいえ、お気になさらず。それにしてもここの民は、本当に幸せそうに笑いますね。これほど平和な場所を、騒《さわ》がせてしまって申し訳ない」

優しい。まさしくこの穢《けが》れた世の聖域だ。

けれどその笑顔はどこか寂《さび》しげで、私は気になってしまった。

「ノア様？　どうかなさいました？」

小首を傾げる私に、ノア様は言いにくそうに話し始める。

「いえ、ストランド侯爵家とは随分《ずいぶん》違うなと思いまして」

ノア様のご実家は、領民にかなりの税負担を強いていると聞く。ノア様の父親が強欲《ごうよく》なことが原因でノア様のせいじゃないのに、罪悪感を抱いているのだろう。

「ヴィアラ様やイーサンのような人物が領主なら、領民は幸せでしょうね。それに比べると、私など神官長という大層な役職に就いているにもかかわらず、神の声が聞けるわけでもなく、人々を救えるわけでもなく、無力な己《おのれ》が恥《は》ずかしい」

「ノア様……」

心を痛めるその姿に、私までしゅんと落ち込んでしまう。

「いっそ、すべてが滅《ほろ》んでしまえばいい」

「え？」

今、とんでもなく不吉《ふきつ》なことを言わなかった!?

どきりとしてノア様を見つめると、彼は「冗談《じょうだん》ですよ」と再び優しい笑顔で言った。

びっくりした……！　ノア様がそんな冗談を言うなんて思いもしなかった。

「ふふっ、もう驚《おどろ》かせないでください」

「すみません」

笑い合っていると、シドが私の腕《うで》を引いて出発を促してきた。

「行きましょう。あまり長居すると、日に焼けますよ」

「あ、そうね。いけない。エルザに叱《しか》られるわ」

帽子《ぼうし》を被《かぶ》っていても、地面からの紫外線《しがいせん》や熱の照り返しは油断できない。

「ヴィアラ、足元に気をつけなさい」

「はい、ありがとうございます」

お兄様は総支配人に何か指示をして、案内の礼だと銀貨の入った袋《ふくろ》を渡す。

「ヴィアラ様！　待ってぇぇぇ」

馬車に戻ろうとすると、子どもたちが息を切らして走ってきた。その手には白いマーガレットの花が握られていて、どうやらこれを渡すために来てくれたらしい。

「まぁ、ミレットにエレン。こんなに綺麗なお花をありがとう。元気にしていた？」

半年ぶりに会う姉妹《しまい》は、八歳と七歳。私の問いかけに笑顔で頷く。

「元気！　ヴィアラ様にもらった絵本で、毎日お勉強しているよ！」

「そう、嬉しいわ。十歳になって読み書きできるようになっていたら、うちにいらっしゃい。ロッソに言って、雇ってもらうから」

「「わかった！」」

可愛い。二人は半年前の視察で仲良くなって、私のメイドになりたいって言ってくれたのだ。読み書きや礼儀《れいぎ》作法はなかなか身に着ける機会がないけれど、努力は続けているみたいで嬉しい。

殿下の接待で疲れた心に、純真無垢《むく》な少女たちの笑顔が沁《し》み渡っていく。

「また来てね！　ヴィアラ様！」

「シドのお兄ちゃんもついでに来てね‼」

おまけ扱いされたシドは、苦笑いで手を振った。少女たちがお兄様を見ないようにしていたのは、多分怖いからだろう。

「王子様、ヴィアラ様を幸せにしてね！」

「え？　私ですか？」

満面の笑みを向けられたノア様が、きょとんとした顔で尋ねる。どうやら麗《うるわ》しい神官様を、二人は王子様だと思ったらしい。

言われてみれば、バロック殿下より気品があって王子様っぽい。

「この方は神官ですよ、誰とも結婚《けっこん》しないんです。お嬢とは結ばれません」

「シド、子どもにはまだわからないわよ」

律儀《りちぎ》に説明するシドを見て、私はびっくりした。

「……………戻るぞ、ヴィアラ」

お兄様が呟《つぶや》くようにそう促す。

領主なのに声をかけてもらえなかったから、お兄様は寂しかったのかもしれない。

その日の晩餐《ばんさん》は、来賓《らいひん》との打ち合わせがあるお兄様とは別々で、私と殿下、ノア様の三人でテーブルを囲んだ。

一般的《いっぱんてき》には「婚約者同士の二人きりで食事を」となるのだろうが、私がどうしてもと言ってノア様を誘《さそ》ったのだ。

殿下は特に気に留めることもなく、神官長であるノア様の存在を受け入れた。

しんと静まり返った食堂で、三人は無言で食事を口に運ぶ。

お願いだから、アネット様早く来て。鳥もも肉ソテーをナイフで切りながら、そんなことを思った。

「おいしいですね、さすがはマーカス公爵家のシェフ」

「ありがとうございます。ノア様に褒めていただけるなんて、シェフが喜びます」

普段教会でどんな食事をしているのかは知らないけれど、宗教的に食べてはいけないものはないらしく、ノア様も私たちと同じ料理を口にする。

ただしお酒は飲んではいけないそうで、二十二歳のノア様も私たちと同じシャンパン風のジュースを所望《しょもう》した。

「ふん、確かに料理はうまい」

殿下もお気に召したようで、前菜からスープ、メインまで文句を言わずに食べ進めている。これは本当にほっとした。

しかし、ここでも殿下の暴君っぷりはもれなく発動する。

ピカピカに磨《みが》かれた大理石の床《ゆか》。あろうことか、殿下は自分の皿に盛られていた肉をフォークで突き刺《さ》し、わざと床に投げ落としたのだ。

「っ⁉」

何が起こったのかわからず、私とノア様はわが目を疑う。対応を決めかねていると、殿下はニヤリと笑い、私の背後に立っていたシドに向けてこう言い放った。

「拾え」

「…………」

「聞こえなかったのか、そこの犬に拾えと言ったんだ」

あまりの言動に、私は今にも自分のナイフを殿下に向かって投げそうになる。座っているのに、怒りで眩暈《めまい》がするかと思った。

ただしシドは冷静で、なんの感情もない目をして右手を翳《かざ》す。

するとその瞬間《しゅんかん》、落ちていた肉がキラキラと光の粒《つぶ》に包まれながら浮き上がり、殿下の皿の上に戻っていったのだ。

「どうぞ」

「えー‼」

私とノア様の声がハモる。

殿下は顔を真っ赤にして怒り、立ち上がって叫んだ。

「貴様、なんのつもりだ！」

「拾いました」

「それは見ればわかる！」

「あ、浄化《じょうか》魔法をかけたんで大丈夫です。ばっちり食べられます！」

「そういう問題じゃない！」

爽やかな笑顔で業務報告をするシド、激昂《げきこう》するバロック殿下。二人の乖離《かいり》がすごい。

「貴様……!! 私を愚弄《ぐろう》するのか」

「いえ、そんなつもりはまったくございません。拾えという指示に従い、持てる力を使って最善を尽くしたまでです」

私も立ち上がり、シドと殿下の間に入ろうとするがとてもそんな雰囲気ではなく、ただ茫然《ぼうぜん》と見守るしかなかった。

「謝れ！　床に頭を擦《こす》りつけて謝れ！」

「殿下、もうおやめください。これ以上はいけません……！」

従者のリアン様が慌《あわ》ててそう言うも、殿下はまるで聞く耳を持たない。

「たかが従者風情《ふぜい》が私にこのような態度を取るなど、絶対に許さん！」

殿下はシドに向かって指をさし、怒りでわなわなと震えている。

宥めようと私が一歩踏《ふ》み出すと、シドがそれを制して自分が殿下に近づいた。

「シド！」

殿下と真正面から向かい合うシド。その背中は「大丈夫です」と言っているような気がした。

「ほう、潔《いさぎよ》く謝罪する気になったか？　この場で処刑《しょけい》されないだけありがたいと思え」

「……………」

しばし沈黙《ちんもく》したシドは、両の拳《こぶし》をぐっと握った。

そして、勢いよく頭を下げる。

「っさーせんしたぁぁ！」

──ガンッ!!

鈍《にぶ》い音が食堂に響《ひび》く。

「ぐぁっ!?」

シドの謝罪という名の頭突《ずつ》きが殿下の頭に直撃《ちょくげき》し、私たちはぎょっと目を瞠った。

「「えええー!!」」

本日二度目の叫び声を上げた私とノア様は、床に突っ伏《ぷ》して動かなくなった殿下のそばに駆《か》け寄る。

「で、殿下？　生きてますか？」

つんつんと肩《かた》を指で突《つつ》くも、まったく反応がない。

ここからこの人をどうすれば⁉　一国の王子様を床に沈《しず》めてしまった！

シドはというと、やりきった感たっぷりで爽快《そうかい》な表情をしている。さては頭部を魔法で強化したわね？

「えーっと、回復魔法をかけた方がいいでしょうか……？」

ノア様が困惑《こんわく》を露わにした。

「できれば、お願いいたします」

とにかくこのままはまずい。私がお願いすると、ノア様は苦笑いで頷いた。

「大丈夫です。こんなときのための神官ですから」

いや、それは絶対に違いますね。

シドを見ると、殿下の従者・イアンさんの肩を強引に組んで説得というか脅迫《きょうはく》していた。

「わかります？　揉め事はまずいですよね～？　すべてはあなた次第《しだい》で解決できると思うんですよ。殿下の恥《はじ》が外に漏れると困りますよね？　だとすると、ご協力いただくのが双方にとって傷が浅いと思うんですよ～」

双方にとって傷が浅いって、どう見ても深手を負ったのは殿下だけだ。

「すべては殿下のため。殿下のためです。従者なら殿下のために行動すべきでは？」

「殿下のため？」

「ええ、殿下のためです」

どうしてかしら、シドが詐欺師《さぎし》に見える。まんまと洗脳されたイアンさんは、ゴクリと唾《つば》を飲み込んで、蒼褪《あおざ》めた顔で頷いた。

「わ、わかりました……！　陛下や王妃《おうひ》様には内密にいたします。で、私は何をすればっ？」

シドはローブの内側から、紫色《むらさきいろ》の液体の入った小瓶《こびん》を取り出す。

「これを殿下に飲ませます。あぁ、毒じゃないですよ～。酒を飲みすぎたみたいに前後不覚になって、記憶障害が起こるだけの強めの薬です」

「シド、それはもはや毒だわ」

「え、違いますよ。気持ちよくなるクスリだってロッソが言っていました」

ロッソ、キャンディ以外にもそんな危険な薬を持っていたのね⁉　さすが、見た目がマフィアの親分だけある……！

シドは殿下の上半身を無理やり起こし、小瓶の先端《せんたん》を強引に口に突っ込んだ。

「ごふっ、んごぅっ」

「殿下、あなたは酔《よ》っ払《ぱら》って部屋へ運ばれました。それが事実です」

「洗脳？　シドが囁《ささや》いたくらいで勘違いしてくれるの？」

耳元で同じ言葉を繰《く》り返すシドを見て、私は疑問を抱く。

シドは、一仕事片付いたという風に息を吐いた。

「ふぅ、これでばっちりです！　人って意識がなくても、意外に外からの音は聞こえていて脳に届いているもんらしいですよ～。普通の状態じゃ無理ですが、特殊《とくしゅ》な薬を盛られて何度も同じことを囁かれたら勘違いを引き起こします。万一、殿下を洗脳できなかったとしても、全員が口裏を合わせれば事実なんて簡単に偽装《ぎそう》できます」

とりあえず、一件落着か。殿下を従者に預け、部屋へ運んでもらうことにした。

ぽかんとしていたノア様は、私と目が合うと困ったように笑う。

「お役に立てず、すみませんでした。神官でありながら、あのような理不尽《りふじん》な要求に抵抗《ていこう》できないなど……」

「いえ、お騒がせして申し訳ございません。せっかくの食事が台無しに」

冷めた料理はすでに給仕《きゅうじ》の者が片付けていて、デザートや温かい紅茶が用意されている。

私はシドに対しても謝ろうと思ったが、言葉を発する前に制されてしまった。

「お嬢が謝る必要はないですからね。アレとお嬢は、他人なんですから」

「他人って言っても、私があんなのと婚約しているからシドに被害《ひがい》が及《およ》んだのだけれど？」

私のせいじゃないけれど、私のせいでもあるような気がする。

「そんなことを言ったら、この国で同じ時代に生きているだけで連帯責任になりますよ～」

「範囲《はんい》が広い！」

「あはははは、大丈夫ですって。俺はお嬢の犬ですから、なんなりと受け止めます」

「あんな暴挙でも？」

「ええ、どんな暴挙でも」

そんなことを言われると、もう何も言えない。

私はノア様と向かい合わせに着席し、シドは定位置に下がった。

温かい紅茶にレモンを入れ、お砂糖も少しだけ入れてゆっくりとかき混ぜる。ほっと人《ひと》心地《ごこち》ついたそのとき、ノア様が真剣《しんけん》な顔で尋ねてきた。

「ヴィアラ様。この先、本当にあのようなお方に嫁《とつ》ぐおつもりですか？」

教会は王族の婚姻《こんいん》には不干渉《ふかんしょう》だと思っていたので、私はノア様の質問に小首を傾げる。

すると彼は、私の疑問に気づいて慌てて補足した。

「いえ、これは神官としてではなく、イーサンの友人として……ただのノアとして案じていることです。この婚約に対して、ヴィアラ様がどうお考えなのか気になりまして」

ノア様は、私が家のためにこの婚約を受け入れていると思ったのかも。

友人として、意にそわない婚約を案じてくれるその気持ちが嬉しかった。

「この婚約は解消するつもりです。もちろん、お兄様もそれは存じていて、協力してくれています」

「そうですか」

ノア様は、ホッとした顔つきになる。

「それに殿下はあのような性格ですから、きっとそのうち好きな女性を見つけて、その方を妃《きさき》に迎えたいと思うのではないでしょうか」

私たちが全力で、アネット伯爵《はくしゃく》令嬢を推《お》していますからね！

婚約解消後のことを思うと、私はつい頬《ほお》が緩む。

けれど詳細《しょうさい》を知らないノア様は、再び心配そうに言った。

「もしもヴィアラ様が望むのなら、教会で御身《おんみ》をお預かりすることもできます。殿下に新しい婚約者が決まるまで、教会に身を潜《ひそ》め神に奉仕《ほうし》することも考えてはくれませんか？」

まさかの申し出に、私はびっくりして目を見開く。

「ヴィアラ様が心配なのです。望まぬ結婚を強いられ、あなたの笑顔が失われたらと思うと、とても胸が痛みます」

「ノア様……」

慈愛《じあい》の精神で、保護してくれようとしているんだろうか。清らかなノア様は、私の境《きょう》遇《ぐう》を見かねて救いの手を差《さ》し伸《の》べてくれたのかも。

でも、私が教会で暮らすのは無理だ。だって、教会の中に魔導士のシドやお兄様は入れない。

自分で言うのもなんだけれど、私はシド依存症《いぞんしょう》なのだ。この人のそばを離れて何年も暮らすなんて、まったく想像もできない。

それに万が一、私が教会で暮らしている間にシドに恋人《こいびと》ができて結婚して、幸せ家族ができちゃったら……！　それこそ恋心《こいごころ》が爆発《ばくはつ》して、悪役令嬢になってしまうかも。

私は、ノア様みたいに生きとし生けるものすべてに慈愛の心を持ち合わせた清廉《せいれん》潔白な人間ではないのだ。

「お申し出はありがたいですが、私はお兄様やマーカス公爵家の皆と一緒にいたいんです。教会へ逃《に》げることも最終手段として残してもらえたらありがたいですが、今のところ円満な婚約解消を目指してやれるだけやってみたいと思っています」

「そうですか、わかりました」

ノア様は寂しそうに微笑むと、優雅な所作で紅茶を飲んだ。

晩餐はひっそりと終了《しゅうりょう》し、食堂を出た私たちは客室と本城を繋ぐ扉《とびら》の前で別れることに。私はシドと共に自室へ戻るが、ノア様は夜の湖を眺《なが》めたいとバルコニーへ向かうと話した。

「本来ならレディーをお部屋の前までお送りするのが礼儀だと思いますが、シドさんがいらっしゃるので不要かと」

「お気遣《きづか》いいただきまして、ありがとうございます」

このまま平穏《へいおん》に夜が過ぎると思いきや、突然《とつぜん》ノア様がいたずらな目をしてシドに尋ねた。

「ときに、シドさんは今後どうやってヴィアラ様をお守りするつもりでしょう？　今夜のような手が何度も使えるとは思えませんが」

「…………」

二人は笑顔で対峙《たいじ》する。シドもノア様も顔は笑っているんだけれど、不穏《ふおん》な空気が流れていた。

しばしの沈黙の後、シドはにっこりと笑みを深めた。

「お気遣いどうも。神官と違ってこっちは制約が少ないんで、俺のすべてを賭《と》してお嬢を守りますよ。ご心配には及びません」

そんなシドに対し、ノア様も朗《ほが》らかな笑みでさらに問いを重ねる。

「すべてを賭して、と言いますとヴィアラ様のために死んでもいいと？　それくらいの覚《かく》悟《ご》があるとおっしゃるのですか？」

やめて！　なんだかわからないけれど、笑顔の会話が怖い!!

しかしシドは、なんてことない世間話のようにあっさりと答えた。

「死ぬなんてとんでもない。死んでどうなるんですか？　俺がいなくなった後、お嬢がどうにかなったらそれこそ目も当てられません。俺は生き恥を晒《さら》そうがお嬢のそばで元気に寿命《じゅみょう》をまっとうしますよ。命は大事です」

「おや、ずっとそばに侍《はべ》るおつもりですか？　それは従者愛が深いですね」

「お褒めにあずかり光栄です」

「果たして、それをヴィアラ様が望んでおられるのでしょうか」

「主人の意向を汲《く》み取《と》るのも、従者の務めですから」

どんな会話なの、一体この会話から何が生まれるの⁉

狼狽える私。それに気づいたシドは、私の背に手を添えて言った。

「お嬢、行きましょう」

「え、ええ」

「それでは神官長様、よい夜を」

私は押し出されるようにして鉄製の扉をくぐり、赤絨毯《じゅうたん》が敷《し》かれた廊下を行く。

部屋までは兵が等間隔《とうかんかく》に立っていて、彼らはお兄様が私を殿下から守るために配置した人員だ。シドは彼らと会釈《えしゃく》や軽口を交わしつつ歩いていき、私の部屋の前で役目を終えた。

「お嬢、何かあったらすぐにエルザに。もしくは床をおもいきり蹴《け》ってください」

「床?」

「真下が俺の部屋なんで」

「呼び方が原始的!」

ナースコールみたいに話ができる魔法道具が各部屋にあるのに、床や壁《かべ》を蹴って従者を呼ぶって……。

呆れる私に、シドは何度も念を押す。

「いいですか? うちのヤツら以外を部屋に入れちゃダメですよ? 結界は張ってありますが万能《ばんのう》じゃないんで。ノアのことも、もしも訪ねてきても絶対に入れないでください」

「ノア様は来ないわよ」

「危ないですから」

「危ないって、襲われるとでも思っているの?」

神の遣いみたいな神聖な雰囲気なのに。

「いえ、感電するので危ないです」

「あっちが危ないのね!? わかった、絶対に誰も入れないわ」

そんな仕掛《しか》けがあったなんて、予想外の厳重警戒《けいかい》だった。どう考えてもやりすぎである。

コクコクと激しく頷く私を見て、シドは満足げに笑う。

「じゃ、そういうことなんで～」

手を振るシドに、私もつられて手を振った。

「おやすみなさい」

部屋に入ると、エルザが入浴の準備を整えてくれていた。

「おかえりなさいませ、お嬢様」

「ただいま。どっと疲れが押し寄せてきたわ……」

殿下のせいで、私の疲労《ひろう》は積もる一方である。

「明日はいよいよ誕生日パーティーね。間に合うかしら、アネット様」

そろそろ到着する頃か、もしくは明日の朝こちらへ着くのか。

迎えに行ったゾルドからの連絡《れんらく》を待つ間、お風呂《ふろ》に入ってのんびりと身体《からだ》を休めることにした。


翌朝、アネット様は元気いっぱいに登場した。

「ヴィアラ様～！　来ましたわ～！」

露出《ろしゅつ》の激しい真っ赤なドレスは、誘惑《ゆうわく》する気満々に見える。

「アネット様、ようこそいらっしゃいました！」

出会《であ》い頭《がしら》に抱擁《ほうよう》を交わす私たちは、親友に見えるだろう。実際には、殿下誘惑作戦の参《さん》謀《ぼう》と実行部隊という悪友なのに。

「で、バロック殿下はどちらかしら？」

アネット様は私の女神《めがみ》だわ。私はとりあえず、谷間に向かって拝んでおいた。

「殿下はまだお部屋でお休みになっているわ。そろそろ従者が起こしに行くから、一緒に朝食をとるのはどうかしら」

「ふふふ、寝起《ねお》きでぼんやりしているところを攻《せ》めるのね。しかも婚約者のいる城でっていうところが背徳的で燃えるじゃない？」

さすがアネット様。壊《こわ》れた倫理《りんり》観が功を奏している。

「うふっ、殿下って本当にかっこいいわよね。顔と身分は完璧《かんぺき》」

「よく付き合いきれますね。早く婚約者の座を差し上げたいです」

「あら、結婚するならお金と地位が絶対ですよ。殿下は顔だっていいから、性格なんてどうでもいいんです。それに向こうだって、私の顔と身体が目当てなんだから似たようなものでしょう？」

ここまで割り切った結婚観は、貴族令嬢にもそうそういない。分家の娘《むすめ》として育ってきて、本家の娘がちやほやされるのを見てずっと悔《くや》しかったんだとアネット様は以前言っていた。いつか自分が主役になってやる、と思ってきたんだとか。

「ヴィアラ様もがんばりなさいよ。シド様とのこと」

なんで知っているんだろう。そんなにわかりやすいのかな。

「従者と結婚なんて私なら考えられないけれど、そのおかげで私が殿下に近づけるんだから応援《おうえん》してあげるわ」

「それはどうもありがとう」

アネット様はぽってりした唇《くちびる》を見せつけるようににんまりと笑い、大きな胸を揺《ゆ》らしながら城の中へ入っていった。


この日、私は昼過ぎから来客を出迎え、メイドたちに囲まれて慌ただしくパーティーの準備をした。

「なんてお美しいのでしょう！　まるで聖女像のようですわ！」

「そうね、私も綺麗だと思うわ！　皆、ありがとう」

三時間かけて飾《かざ》り立てられた私は、姿見に映る自分の姿を見て、メイドのお世辞もお世辞じゃないなと自画自賛する。

シャンパンゴールドのドレスは、袖《そで》がふんわりとパフスリーブになっていて、胸元《むなもと》には純度の高いダイヤモンドが散りばめられている。

足が隠れるロングドレスだけれど、魔法で軽くした特殊な生地《きじ》を使っているからものすごく軽い。これなら、立ちっぱなしでの挨拶もダンスも苦にならない。

「これでエスコートするのが殿下じゃなかったらなぁ～」

「「本当にそうですね」」

殿下はメイドたちから嫌われていた。顔はいいのに、ここまで嫌われるって相当だわ。

苦笑いを浮かべていると、お迎えがやってくる。

エルザが私の代わりに返事をして扉を開けると、そこにはシドが立っていた。ここから城内のホールの前まで、シドと一緒に行くことになっている。

お兄様はすでに待機してくれているのだろう。

「お嬢、準備はできましたか？」

今夜のシドは、護衛騎士と同じ詰襟《つめえり》の隊服を着ていた。アイアンブルーがよく似合っていて、ちょっと童顔のシドが大人っぽく見える。

「どうかしら？」

スカートをつまんで上目遣い《うわめづか》に見れば、彼は目を細めて「お似合いです」と言ってくれた。その言葉だけで嬉しくなる。

ホールは招待客で溢《あふ》れていて、お兄様が呼んだ楽団が生演奏を披露《ひろう》していた。この中を、私と殿下は婚約者らしく仲睦《むつ》まじい様子で登場しなくてはいけない。

殿下はお兄様とアネット様と一緒に、私の到着を待っていた。

恋人の腰に手を回し、婚約者が来るのを待つって一体どんな神経をしているんだろう。そうなるように仕向けたのはこちらだけれど、ここまで俺様思考が過ぎるとは。

「殿下、本日はよろしくお願いいたします」

もう帰ってくれ。そんな本音を隠して、エスコートを受ける。

「行くぞ」

アネット様という恋人がこの場にいるので、そっけない殿下はそれだけ言って腕を出してきた。嫌々《いやいや》その腕に自分の手を添えると、私は笑顔を作って公爵令嬢の仮面を被る。

そして、キッと睨むように前を見据《みす》えると、左手でぐっとドレスの裾《すそ》を握った。これから戦闘モードなのだ。

殿下はさっさと歩いていくので、私もそれについていく。

普通に考えると、ドレスを着た令嬢をエスコートしているときの速度ではないけれど、向こうも私もだんだんと意地になっていてもはや競歩だった。

——ササササササ……。

優雅な笑みをいかに崩《くず》さずに、持てる限りの脚力《きゃくりょく》で進むかが勝負みたいになっている。

「あははは、おまえはいつもせっかちだな！」

「おほほほほ、殿下には及びませんわ！」

異様な速さで駆け抜けていく私たちを、招待客は驚きつつも拍手《はくしゅ》をして迎えてくれた。

殿下からの挨拶があり、私からも手短にお礼を伝える。

そしてファーストダンスが終わると、殿下は早々にアネット様の元へ行こうとした。

「エスコートはしたからな。おまえはいつものように、壁に張りついているといい」

いや、今日は私の誕生日なんですが。主役は私なんですよ！

そう思いつつも、私は笑顔で殿下を見送った。解放されたら、心からの笑みが零《こぼ》れる。

「これでようやく自由の身！」

今から知り合いに挨拶をして、人脈づくりに励《はげ》むのだ。それに今日は、亡きお父様やお母様の友人もたくさん招いている。彼らは私を可愛がってくれるので、ダンスもお喋《しゃべ》りも不自由しない。

しかも今日は、特別ゲストも招いている。

「ヴィアラ様、お久しぶりでございます！」

美しい黒髪《くろかみ》を結《ゆ》い上げた、空色のドレスのご夫人。この方は隣の領地のラウッスー伯爵夫人だ。彼女はうちの領地で採れる水晶のファンで、古くからの取引相手でもある。

「このたびは、お誕生日おめでとうございます」

「ラウッスー伯爵夫人、ありがとうございます。ずっとお会いしたかったんです！　その節は、乾物《かんぶつ》をたくさん贈《おく》ってくださってありがとうございました」

ああ、好き。昆布《こんぶ》をたくさん融通《ゆうづう》してくれたラウッスー伯爵夫人、大好き。彼女の美しい黒髪が昆布に見えてしまう煩悩《ぼんのう》を抑え、私たちは上機嫌《じょうきげん》で語らう。

「ヴィアラ様があれほど昆布がお好きだとは、知りませんでした。今度、例の和食なるものをうちの領地でも広めようと思っておりますの。まさか昆布が使える料理がたくさんあるとは、想像すらしていなかったので驚きました」

「おいしいですよね、和食って！　ぜひ一緒に昆布料理を広めましょう！」

ククリカのおかげで、マーカス公爵領とラウッスー伯爵領は和食ブームが起こりそうだ。

それから三十分ほど和食の話で盛り上がり、会場に用意されたビュッフェに並んだ和食を招待客の皆さんに勧《すす》め、誕生日の夜は楽しく過ぎていった。

パーティー中盤《ちゅうばん》、はしゃぎ疲れてバルコニーで休んでいると、なぜか屋根からシドがさっと降りてきた。

「うわっ！」

びっくりしてドキドキする胸を手で押さえると、シドは悪びれることなく「どうも」と言った。見回りをしていたらしく、ちょうど私の姿が見えたのでやってきたそうだ。

「お嬢、誕生日おめでとうございます」

満天の星の下、好きな人からお祝いの言葉をもらえると幸福感がこみ上げる。

「ありがとう」

バイオリンの生演奏がかすかに聞こえる以外は静かなもので、まるで二人きりの世界なんじゃないかと誤解してしまいそうだ。

シドは無言で隣に立っていた。

今だけでもいい。一瞬だったとしても、恋人気分が味わいたくて、私はシドの腕にそっと寄りかかる。

「お嬢、飲んだんですか？　気分でも悪いんですか？」

酔っ払いと思われた。確かに、ローゼリアでは十七歳からお酒が飲めるけれど、私はまだ一口も飲んでいない。

ムードも何もないシドの言葉に、私はじとっとした目で睨んでから姿勢を戻した。

「何もないわ。大丈夫よ」

どうせ今年も、シドからの誕生日プレゼントは食べ物だ。わかっている、ただの従者から手元に残る物を贈られることはないってことくらい。

私だって、シドにはお菓子《かし》しかあげたことがない。恋人でも婚約者でもない相手への贈り物は、消えモノを贈るのが常識なのだ。

わかっているのに、何か一つくらい残る物が欲しいと思ってしまう。

「あぁ、そうだ。お嬢、これを」

ふと思い出したかのように口を開いたシドは、ポケットから小箱を取り出した。

「気に入ってもらえるかわかりませんが」

箱を開けると、そこには金色に輝《かがや》く指輪が入っていた。思わぬ展開に、私は息が止まるほど驚いた。

小さくて細い指輪は魔力を結晶化《けっしょう》した魔法石がついていて、水晶のようなそれはリングの中央で煌めいている。

「どうぞ、嵌《は》めてみてください」

「ありがとう……！」

まさか、これってプロポーズ⁉

涙《なみだ》ぐみながら、左手の薬指に嵌めようとして………。

「は、い、ん、な、いー‼」

苦悶《くもん》の表情で一人奮闘《ふんとう》していると、シドがぎょっと目を見開いて止めに入る。

「お嬢ぉぉぉ⁉　それ小指用です！　どう見ても小さいですよね⁉　バカなんですか⁉」

「なんで小指用なのよぉぉぉ‼」

ぐりぐり押し込んでいると、皮がめくれてしまう。

指輪と言ったら薬指でしょう‼

「血ぃ！　血が出てますお嬢！　何やってんですか、魔法道具つけて流血って！」

シドによると、これは対殿下用の魔法道具らしい。あれ、スタンガンとかじゃなかったの？　まさかこんなに可愛い指輪だとは思ってもみなかった。

流血した指は真白いハンカチで拭《ぬぐ》われ、回復魔法をかけられる。

「これをつけているときに、下心のあるヤツに触れられたら、そいつは眠《ねむ》ってしまいます。魔力耐性《たいせい》にもよりますが、殿下みたいに赤《ルベライト》程度ならすぐに眠りこけますよ。だから、お嬢が殴《なぐ》ったり蹴ったりする必要はありません」

この指輪なら、武器や防具には見えないし、魔法道具だとも気づかれにくい。

「ありがとう、大事にする」

魔法道具とはいえ、シドからもらった初めての残るものだ。

嬉しくなってへらっと笑いながら指輪を眺めていると、シドが苦笑いになる。

「そんなに喜ぶなんて、気に入ってもらえてよかったです」

「ええ、とても気に入ったわ」

小指だろうが、薬指だと思えば薬指に見える！　結婚指輪と思って大事にする！

ニヤニヤしている私を見て、シドは腕組《うでぐ》みをすると困った顔で笑った。

「本当は、もっとちゃんとしたのを贈りたかったんですけどね～」

「ちゃんとしたのって？　これって試作品なの？」

「さぁ？」

自分で作っておいて、さぁって……？

じっと見つめていると、「わからなくていいです」と言われてしまった。

「そろそろお戻りになった方がよろしいのでは。仮にも主役なんだし」

「仮にもって。本物の主役よ、今日は私の誕生日なんだから」

本当は、シドとずっと一緒にいたい。でもそんなことはできるわけもなく……。

「いってきます」

「はい、いってらっしゃいませ」

笑顔で見送られ、私はホールへと戻っていった。

パーティーもそろそろお開きという頃になり、知り合いのおじさまたちとダンスを踊《おど》った私は招待客の見送りの準備に移る。

「お嬢様、こちらへ」

髪や化粧《けしょう》を直そうと、エルザや使用人女性たちと一緒に廊下へ出たところ、なぜか殿下が不機嫌そうな顔で現れた。

「どうかなさいました？」

アネット様とイチャイチャしていたのでは？　と疑問が湧《わ》く。

「誕生日プレゼントだ。受け取れ」

尊大な態度で渡されたのは、小さな箱。金色のそれは、中に水晶のブローチが入っていた。多分、陛下が手配しろと命じて、複数いる従者の誰かが用意したのだろう。

「ありがとうございます」

ものすごく高そうなことはわかる。恭《うやうや》しくそれを受け取ると、殿下はまじまじと私を眺め始めた。

「あの、殿下？」

じっと私を見つめる視線に、背筋がぞわっとする。

「おまえも十七か。見た目だけはそれなりに女らしくなったな」

「……ありがとうございます」

視線が胸に一直線なのは、気づきたくなかった。悪役令嬢の容姿チートが悔《く》やまれる！

「そういえば、今日はおまえの誕生日を祝うために来たのだったな」

え、忘れていたの？　でも忘れていてくれた方がよかった！

一歩後ずさるも、殿下は距離を詰めてきた。

「婚約者同士、たまには共に過ごすのも悪くない」

「ひっ……！」

顔面蒼白《そうはく》の私は、じりじりと後退する。が、殿下が迫ってくる方が早く、私は廊下の壁《かべ》際《ぎわ》に追《お》い詰められた。

「いずれ妃に迎えるんだ、そう身構えることもないだろう」

「冗談はやめてください」

逃げ場を失《な》くした私は、殿下に腕を摑《つか》まれる。

「アネット様はどうしたのです⁉」

「ああ、アネットはリアンが宿へ追い返してしまった。アネットがここにいると、ヴィアラが気に病《や》むと言ってな」

いやぁぁぁ‼　わざわざ呼んだのに、なぜそんなことに⁉

リアン様は昨日「殿下のために」っていうシドの洗脳に感銘《かんめい》を受けていたみたいだったから、アネット様を殿下から遠ざけるのは従者としての役目だと思ったのかも……！

でもそれ、おもいっきり余計なお世話ですー‼

「ヴィアラ、私と過ごす……贈り物、だ、ろう……」

「で、殿下？」

なぜか、私の腕を摑む力が一気に弱まった。チャンスとばかりに腕を引き抜くと、殿下はまるで気絶するかのように床に崩れ落ちる。

人形のように手足を投げ出し、床に横向けに倒《たお》れた殿下はぐっすりと眠っていた。

「どうやら効果があったみたいですね」

「シド！」

その姿を見ると、心の底から安心した。

エルザがすぐにシドを呼んだらしい。その手には、通信用のコンパクトが握られている。

シドは眠りこけた殿下を小脇《こわき》に抱え、走ってきたゾルドに向かって「部屋に投げ込んでこい」と告げた。

ゾルドに担《かつ》がれた殿下は、荷物みたいに運ばれていく。

「あ、この指輪……？」

視線を落とせば、左手の小指にある指輪が光っていた。

私の腕に浄化魔法をかけながら、シドが心配そうに尋ねる。

「お嬢、大丈夫ですか？」

「ええ、なんともなかったわ。大丈夫」

今すぐ抱きつきたい気分だったけれど、笑顔でそれを抑え込んだ。

「この指輪ってずっと使えるの？」

「いえ、魔力を補充《ほじゅう》しなければいずれ使えなくなります」

シドは人差し指でちょんと指輪に触れ、一瞬で魔力を補充してくれた。珊瑚《さんご》色の宝石が一層輝きを増し、これでまた使用できるんだとわかる。

「ねぇ、さっきグレミアル伯爵やゼーブス侯爵と踊ったときは、密着しても相手が眠ったりしなかったわ。あなた一体どんな基準を設定したの？」

「独断と偏見《へんけん》となんとなくです」

なんていう曖昧《あいまい》な基準！

「それだと、この指輪が誰に効果があるのかわからないじゃない」

一体何で判断しているのか。けれどシドはあっけらかんと答える。

「そんなことはないです。下心があると眠るだけです。よくできているでしょう？」

うん、よくできてはいるけれど。ここで私は、ふとあることに気づく。

「シドはどうなの？　シドが私に触れたら……眠ってしまうの？」

下心があると眠るということは。もしもシドが眠ったら、私のことをただの主人ではなく、恋愛《れんあい》対象だと認識《にんしき》している証明になるわけで。

「「…………」」

沈黙が広がる。

珍しく真剣な顔をしたシドは、じっと私を見つめて答えた。

「お嬢。自分で作ったものに引っかかる魔導士はいません」

「ですよねー！　わかってた！　わかってました‼」

聞いた私がバカでしたよ！

クックッと笑うシドを睨み、私はぷいっと顔を背《そむ》けた。

「お嬢様、そろそろお見送りのお時間が迫っています」

エルザに促され、私は今自分がしなくてはいけないことに気づく。

「大変！　急がないと……！」

殿下のせいで、時間が無駄《むだ》になったわ！　いつかおもいきり殴ってやりたい！

私は慌ててスカートの裾を持ち上げ、控室《ひかえしつ》へと走って戻った。

第五章 運命は力ずくで変えましょう

領地での休暇《きゅうか》は、瞬《またた》く間《ま》に過ぎ去った。

殿下《でんか》の毒牙《どくが》にかからずに済んだことは不幸中の幸いで、パーティーの翌日からは予定通りアネット様がしっかり殿下を誘惑《ゆうわく》してくれた。

二人の雰囲気《ふんいき》は完全に恋人《こいびと》同士のそれで、私は心の底からアネット様に感謝する。

もうこれは、婚約《こんやく》解消へ一直線と言えるかも！　かつてない上機嫌《じょうきげん》が続く私の唇《くちびる》は自然に弧《こ》を描《えが》く。

マーカス公爵《こうしゃく》領から王都へ戻《もど》ってきたのは、休暇が終わる二日前。

魔導《まどう》スクーターを走らせた私たちはたった六時間の移動だったけれど、殿下はアネット様と共にキラキラの馬車で帰ったのでまだ王都に着いていないと思われる。

邸《やしき》に着いてしばらく休憩《きゅうけい》した私は、スクーターに魔力《まりょく》を吸われ続けたシドを労《ねぎら》うために、特製の魔力回復薬を持って彼の部屋へ向かった。

本邸《ほんてい》のすぐ北側にある離《はな》れは、使用人や若い衆《しゅう》が住んでいる寮《りょう》みたいなもので、昔はよくシドと一緒《いっしょ》にここで遊んだものだ。

最近はめっきり足が遠のいて、訪《おとず》れるのは久しぶり。

「ふふっ、イチゴ味とチョコ味どっちが好きかなぁ、シドは」

シドは甘党《あまとう》だから、魔力回復薬は砂糖や蜂蜜《はちみつ》をふんだんに使ったミルクセーキ風にした。

魔力が豊富だからこんなものはあまり必要ないシドだけれど、さすがに魔導スクーターでの長距離《ちょうきょり》移動はかなり消費するらしく、魔力回復薬があれば嬉《うれ》しいはず。

──コンコン。

喜ぶ顔を想像しながらノックする。

「…………」

返事がないのは、眠《ねむ》っているから？

扉《とびら》に耳をくっつけて中の様子を窺《うかが》うも、物音一つしなかった。確かにここにいるはずなのに、と思った私はそっと扉を開ける。

「ん？」

中へ入ったその瞬間《しゅんかん》、感覚的に何かに引っかかったような気がした。おそらくシドが張っていた結界で、悪意のない者はすり抜《ぬ》けられるようになっているんだと思う。

「シド？」

リビングを通って奥の部屋に続く扉を開けると、そこには三方を本棚《ほんだな》に囲まれた書斎兼《しょさいけん》研究室がある。シドは、私のそばにいないときはだいたいここに籠《こも》っていて、今日も彼の姿はあった。

長椅子《ながいす》の肘《ひじ》置きに足を投げ出し、仰向《あおむ》けでグーグーと眠っている。よほど疲《つか》れたんだろう、私が入ってきても起きる気配はない。

「可愛《かわい》い……」

無防備な寝顔《ねがお》は、いつもより幼く見える。近くでゆっくり寝顔を眺《なが》めてみたくなり、私はそっと長椅子に近づく。

睫毛《まつげ》が長い。肌《はだ》が綺麗《きれい》。見惚《みと》れてしまうくらいかっこいい。

シドがうちに来たのは、確か八歳の頃《ころ》。あのときは痩《や》せっぽちで、大きな目がくりくりで年上とはいえとても可愛い少年だった。

あどけない寝姿《ねすがた》は、子どもの頃を思い出させる。今ではこんなに頼《たの》もしい魔導士《まどうし》だけれど、昔は人見知りで警戒心《けいかいしん》が強く、私のことも様子を探《さぐ》るようにじっと見ていた。

私が強引《ごういん》に「一緒に遊ぼう」と誘《さそ》わなかったら、あのまま誰《だれ》にも心を開かず、口数の少ない青年に育っていたかも。

仲良くなるのに半年もかからなかったような気はするけれど、昔のシドはとにかく不安げだった。

『お嬢《じょう》、どこへも行かない？　俺とずっと一緒にいてくれる？』

今では考えられないけれど、昔はよくそんなことを聞いてきた。そのたびに私は「ずっと一緒よ、大丈夫《だいじょうぶ》」と言って、ぎゅっと抱《だ》き締《し》めていたのを覚えている。

そういえば、私はいつからシドのことが好きなんだろう？

初めて会ったとき、私は五歳で恋《こい》なんて知らなかった。ただシドが可愛くて、私の従者候補って言われて「大事にしてあげなきゃ」って思った。

あぁ、そうだわ。前世の記憶《きおく》を思い出してからだ。シドが、私の特別になったのは。

十歳になったばかりのある日、私は絵本でしか知らない『雪』を見てみたいってシドにせがんだ。シドは訓練の後で疲れていて、魔力切れ直前の身体《からだ》で私の願いを叶《かな》えてくれた。

けれど、無理をしたせいで庭が埋《う》まるくらいの雪を出してしまった。

私は雪崩《なだれ》に埋もれ、救出されても三日三晩熱を出して寝込むことになった。

そうして目覚めたときには、自分が悪役令嬢《れいじょう》であることを思い出していた。

「シドのおかげよね。私がこうしていられるのは」

あのとき前世の記憶を思い出さなければ、どうなっていたか。きっと殿下のことを好きになり、王太子妃《ひ》の座は誰にも渡《わた》さないと周囲を牽制《けんせい》していただろうな。

たとえククリカ・ラリーがいなくても――。

怖《こわ》い！　想像しただけで怖すぎる‼

身震《みぶる》いした私は、寝ているシドを起こさないように気を付けながら、魔力回復薬を乗せたトレイをテーブルに置く。

ところがここで、思わぬものが目に入った。

テーブルの上には、炎《ほのお》のエンブレムが入った数枚の手紙。魔導士協会から送られてきた認定証《にんてい》だ。

興味本位でそれを見てみると、シドが提出した幻術《げんじゅつ》の魔術《まじゅつ》式を新しい魔法《まほう》だと認めるという内容だった。

これは、いわゆる特許のようなものである。

報奨《ほうしょう》金として、金貨七枚を進呈《しんてい》する。これがシドの口座に入るとも書かれていた。

魔術式の通し番号が四十五になっていたので、それらの報奨金も合わせると、シドはもう一生遊んで暮らせるくらいのお金を持っているんだと想像がつく。

家だって買えるし、使用人だって雇《やと》えるような生活ができるはずだ。

とはいえ、シドは警戒心が強くてあまり人と関わろうとしないから、貴族みたいな生活は望んでいないのもわかる。

『魔導士協会の幹部になる気になったら連絡《れんらく》を』

シドの師匠《ししょう》、グラート・ロベルタ様からのメッセージカードも添《そ》えられていた。

何度も誘いを受けていることは、お兄様からもシドからも聞いている。そのたびにきっぱり「お嬢の従者をします」と言ってくれたから、私はずっとシドがそばにいると思い込んでいた。

もしかして、いつまでもシドがここにいるとは限らない？

「ん……、お嬢？」

認定証を見つめ、不安になっていたところでシドが寝ぼけた声を上げる。

「あ、ごめん。起こしちゃったかしら」

眠そうな顔で目を擦《こす》り、彼はゆっくりと身体を起こす。そして長椅子に座ると、あくびをしながら首を左右に動かした後で私を見た。

「どうしたんですか？　どこかお出かけでもする予定で？」

領地から返ってきたばかりで、いきなり出かけるアグレッシブさはない。

私は苦笑いで否定する。

「ううん、違《ちが》うの。魔力回復薬があったら、シドがラクになるかなって思って」

視線をテーブルの上に向けると、シドは少しだけ微笑《ほほえ》む。

「いただきます」

目覚めの一杯《ぱい》にしては濃《こ》いはずなのに、シドはそれをグビグビと一気飲みした。私には到底《とうてい》飲めないような甘さだが、シドはおいしそうに飲む。

「はい」

ハンカチを手渡《てわた》すと、シドは遠慮《えんりょ》なくそれで口元を拭《ぬぐ》う。

私はシドの斜《なな》め前にあった一人掛《が》けの椅子に座り、魔導士協会への誘いをどうするのかと尋《たず》ねてみた。

「またお誘いがあったみたいね」

シドは私の視線を辿《たど》り、テーブルの上に置きっぱなしだった手紙に気づく。

「ははっ、これですか」

返事に困っている、というような笑《え》みを零《こぼ》す彼を見て、私は少しだけ安心した。いつものように「従者を続けます」と言ってほしくて、さらに問いかける。

「どうするの？　もしかしてちょっと考えているの？」

お願いだから、断ると言って。

けれど、私の期待も虚《むな》しくシドは「う〜ん」と悩《なや》んでから考えを述べた。

「いつまでも従者でいるわけにいきませんから、いずれはそれも選択肢《せんたくし》にあるかと。ただし魔導士協会の幹部ってことは、国直属の魔導士ってことですからねぇ。それは嫌《いや》なんで、今のところは難しいかなって」

お嬢のそばにいる、そう言ってくれると思っていた私は俯《うつむ》いてしまう。

「いつか、私のそばからいなくなるの？」

なんとしてでも繋《つな》ぎ止《と》めたい。

ドキドキして返答を待っていると、くすりと笑ったシドはからかうように聞いた。

「俺がいなくなったら、嫌だと思ってくれますか？」

質問に質問で返されたが、私はすぐに返事をする。

「当たり前でしょう？」

沈黙《ちんもく》が気まずい。シドが一体何を思って、何を考えているのかわからなかった。膝《ひざ》の上にある自分の手を見つめて黙《だま》っていると、シドの方が先に口を開く。

「俺が従者を辞《や》めたとしても、お嬢のそばにいる方法はありますよ」

「え？」

顔を上げると、すぐ目の前にシドが立っていた。

ぎしっと椅子が軋《きし》む音がして、シドが片足の膝を私の膝のすぐ横につく。そして背もたれに手を置いたシドは、私に伸《の》しかかるような体勢になった。

「シド？」

口角を上げて私を見下ろすシドは、どこか妖《あや》しげな雰囲気に見えた。

思わず目を見開く私。どんどん鼓動《こどう》が速くなっていくのがわかる。

「聞きたいですか？　俺が何を考えているか」

そっと指先で頬《ほお》を撫《な》でられ、私は息を呑《の》んだ。

「ヴィアラ様」

どうして今、名前で呼ぶの？　一際《ひときわ》強く胸が高鳴る。

「俺は」

シドが何かを言いかける。

が、その瞬間異変を感じ取ったらしい彼は、険しい顔で背後をちらりと気にした。

一体何があったんだろう？　身構えたそのとき、ぽつりとシドが呟《つぶや》く。

「……来る」

「え？」

扉の方に目をやろうとすると、それより先に耳が痛いほどの轟音《ごうおん》がして扉が吹き飛《ふと》んだ。

——ドォオォン‼

「きゃぁぁぁ‼」

立ち込める白煙《はくえん》、そして吹き飛ばされたダークブラウンの大きな扉。

悲鳴を上げた私は、襲撃《しゅうげき》かと思って身を強張《こわば》らせた。シドはそんな私を庇《かば》うようにして片腕《かたうで》を回し、それと同時に風魔法で白煙を散らす。

「シドさ～ん！　やりました！　俺、ついに魔力銃《まりょくじゅう》を撃《う》てました！」

部屋に響《ひび》く呑気《のんき》な声。

そこにいたのは、五十センチほどの魔力銃を持ったゾルドだった。護衛騎士《きし》である彼は、魔力を増やして銃を扱《あつか》えるようになるのが目標……というのは聞いていたけれど⁉

シドが深いため息を吐《つ》いて、嘆《なげ》くように言う。

「なんでこんなところで撃ったんだよ……！」

「え、だってシドさん言ったじゃないですか。『俺を襲撃できたら一人前だ』って」

解釈《かいしゃく》がずれていた。多分、シドは訓練の最中に一発入れろっていう意味で言ったんじゃないかな!? 誰も私室に魔力銃を撃ち込めなんて言っていないよね!?

しかも扉の枠《わく》が燃え始めた。

シドは苦い顔でそこへ近づき、魔法で水を出して消火を始める。

私は茫然《ぼうぜん》として椅子に座ったままでいたけれど、一体ここからどうすれば？

話の続きを、なんて言えるような空気じゃない。そんな胸中を察してか、シドは少しだけ振《ふ》り向《む》いて言った。

「お嬢、イーサン様に報告をお願いしても？ 燃えたので、鎮火《ちんか》しましたと」

ものすごく省略した報告だ。けれど、私はそれを引き受ける。

「わかったわ、お兄様に伝えておく。ゾルドが謀反《むほん》で謹慎《きんしん》ですって」

「えええ!? お嬢、俺は謀反なんてする気ないですよ！」

焦《あせ》った顔のゾルドを置き去りにして、私はシドの部屋を出た。

小さく漏《も》れた吐息《といき》は、シドと二人の時間がなくなってしまった未練のため息か、それともあの状況《じょうきょう》から抜け出せた安堵《あんど》なのか。

シドが何を言おうとしたのか、私には想像もつかない。

今度きちんと話し合わないと……。そう思いながら、私は長い廊下《ろうか》を歩いていった。

二十日間の休暇が終わり、学園は後期の授業が始まった。

私は真白い制服に袖《そで》を通し、再び学園生活を送る。

ラーナ様によると、殿下はアネット様のクラスへ足繁《あししげ》く通い、二人の関係は周知の事実となりつつあるという。おかげさまで私と殿下の接点はほとんどなく、平和を享受《きょうじゅ》できている。

私は同級生から『殿下に見向きもされない可哀想《かわいそう》な婚約者』と見られているんだろうなと思っていたら、どうやらそれは違うみたい。ラーナ様がいち早く噂《うわさ》を広めてくれたらしく『マーカス公爵令嬢の方が、殿下に愛想《あいそ》を尽《つ》かして静観しているだけ』と認識《にんしき》されているらしい。

しかも女子生徒は多くが私に同情的で、殿下の素行不良のおかげで私に対する好感度はまさかの上昇《じょうしょう》中。秘《ひそ》かに婚約解消を応援《おうえん》してくれている人も多い、とラーナ様は語った。

私はアネット様をいじめていないし、悪役令嬢ではないわけで、このまま穏便《おんびん》に婚約解消できるかもしれないと期待は高まる。

そんなある日、マーカス公爵家に近衛《このえ》騎士がわざわざ伝令に訪れた。

城からの遣《つか》いが来たとわかった瞬間、これはいよいよ婚約解消かと胸が躍《おど》る。

――ガチャッ！

「お兄様！　陛下はなんと⁉」

ノックもせずに駆《か》け込むと、お兄様は荒《あ》れに荒れていて執務《しつむ》室の中がぐちゃぐちゃだった。床《ゆか》に散乱した本や手紙、そこに城からもたらされた書簡も落ちている。

泥棒《どろぼう》でも入ったのか、もしくは乱闘《らんとう》でも起きたのかと思うような惨状《さんじょう》だった。

唖然《あぜん》とする私の隣《となり》で、シドが呆《あき》れて声を上げる。

「イーサン様、どうなさったんですか？　こんなに荒らして」

「どうもこうもあるか！」

お兄様は苦悶《くもん》の表情を浮《う》かべ、一人掛けの椅子にドカッと腰《こし》を下ろして言った。

「婚約解消はない、と」

「「え⁉」」

なんで⁉　いい報《しら》せじゃないなんて信じられない‼

私は驚《おどろ》いて、ずかずかとお兄様の方へ近づいていく。

「なぜです⁉　殿下とアネット様との婚約は⁉」

つい先日、殿下は王子宮へアネット様を招いて、二人は結婚《けっこん》の約束を交《か》わして深い仲になったとアネット様から聞いた。だからてっきり、殿下がアネット様との結婚を陛下に直《じき》許《そ》してそれが通ったのだと予測したのに。

嬉々《きき》として報告してきたアネット様は、左手の薬指に光るダイヤモンドの指輪をうっとりとした表情で眺めていた。もちろん、私も祝福した。

すべては計画通りじゃなかったの？ 誰か嘘《うそ》だと言って……。

よろめく私を見てお兄様は嘆いた。

「陛下と王妃《おうひ》様が、アネット伯爵《はくしゃく》令嬢を王太子妃にすることに難色を示しているらしい。彼女の成績は中の中、家格は高くもなければ低くもない。つまり、取り立てて優《すぐ》れた部分がなく、『総合的に見るとヴィアラ嬢の方がいい』と結論づけたらしい」

「なんですって……⁉」

私はショックで蒼褪《あおざ》める。ところがさらに信じられないことが、お兄様から知らされた。

「殿下のアネット嬢への入れ込みようは十分に伝わっていて、両陛下は『ヴィアラ嬢を正《せい》妃《ひ》にして、アネット嬢は第二妃にせよ』と殿下に命じたそうだ。よって、婚約解消はできないし、うちに対しては『第二妃を広い心で受け入れろ』とさ」

「広い心って何⁉」

まさかここまで難航するとは……！

王家は、対外的に使えそうな私を正妃としてキープしつつ、殿下がご執心《しゅうしん》のアネット様も第二妃で召《め》し上《あ》げるというおいしいとこ取りをしようとしていた。

期待していただけに衝撃《しょうげき》が大きくて、私はわぁっと取り乱す。

「殿下の妃《きさき》になるなんて絶対に嫌！　こうなったら、私が問題を起こします！」

ついそんなことを言ってみたけれど、でもどの程度の問題を起こせばいいのか。

「街で食べながら歩くとか、独り言を呟きながらニヤニヤしているとか」

シドは静かに首を振り、「その程度じゃ無理です」と否定した。

「なら、私がその、たとえばよ？　たとえば、誰かと恋に落ちてしまって不貞行為《ふていこうい》を……」

「泣く」

「あ、お兄様。今はそういうことは聞いてません」

たとえ話で泣かれたら困る。だいたい、不貞行為なんてまったくの事実無根なんだから。シドに恋をしているとはいえ、それはあくまで私の一方的なもので、残念ながら恋人ではない。

「ほら、浮気《うわき》まで行かなくても、それっぽいことを匂《にお》わすとか」

私が浮気を装《よそお》えば、王家は王太子妃失格の烙印《らくいん》を押してくれるかも？

期待を込《こ》めてシドを見ると、それもまた苦い顔で却下《きゃっか》された。

「ダメです。その場合は、たとえ疑惑《ぎわく》でも相手の男は絞首《こうしゅ》か断首ですね。それに、マーカス公爵家も監督《かんとく》不行届きで取り潰《つぶ》しになる可能性があります」

「待って、殿下があれだけ不貞行為を本当にしているのに、私に対して厳しすぎない⁉」

向こうは王族、それはわかっているけれど不公平すぎる！

お兄様は書簡をビリビリに破き、苛立《いらだ》ちをぶつけた。

「金ならあるから賠償《ばいしょう》金はいくらでも払《はら》える！　が、なぜあんなバカのためにヴィアラが不貞行為などという汚名《おめい》を着せられなければならない⁉　ヴィアラに非があるように婚約解消されるのは絶対に認められない‼　そもそもヴィアラに手を出す男がいたら、王家が裁く前に私がそいつを抹殺《まっさつ》してやる！　ロッソ、魔力銃を持ってこい」

「『だから、たとえですって』」

シスコンはたとえ話すら受け入れられないみたい。お兄様はこめかみに青筋を立てていて、我慢《がまん》の限界が近いと伝わってくる。そのうち、金髪《きんぱつ》が逆立つんじゃないかな。

「よし、いっそ魔力砲《まりょくほう》を城に撃ち込もう。独立戦争だ！」

「お兄様、物騒《ぶっそう》なことは言わないでください」

私一人の婚約解消のために、無関係の人を巻き込みたくない。けれど、お兄様は目が据《す》わっていて本気だった。

「両親亡《な》き今、私たちは二人きりの兄妹《きょうだい》だ。あんなクズに可愛いヴィーをやるなんて、とても許せる話じゃない。イーサン・マーカスの名に懸《か》けて、いつでも撃てるよう魔力砲を整備しておくよ」

執務室に、恐《おそ》ろしいほどの冷気が立ち込めているのは気のせいじゃない。妹を蔑《ないがし》ろにされた恨《うら》みで、妖精《ようせい》のように美しいお兄様が悪魔《あくま》の形相になっている。

「イーサン様、魔力砲は被害《ひがい》が大きすぎます。お嬢が贔屓《ひいき》にしている乾物《かんぶつ》店が全壊《ぜんかい》すると困りますから、せめて魔力銃にしてください」

「そうか、シド。それなら銃にするから、お前の全魔力を貸してくれ」

「かしこまりました」

まずい。お兄様が謀反を起こそうとしている。

シドもあっさりとそれに続こうとして、二人の本気を感じた私は反対に冷静になった。

「もういい加減にしてください。できもしないことを……」

「本気だぞ！　ヴィアラを蔑ろにするなんて許せるか！」

このままでは埒《らち》が明かない。そう思っていると、シドまでが極端《きょくたん》な行動を提案する。

「もういっそ殺《や》っちゃいません？　殿下さえいなければ解決しますよね」

お兄様も頷《うなず》いて賛同しているけれど、バロック殿下のほかに王子はいない。兄弟がいないから、どれだけおバカさんでも王子がいなくなれば国が混乱するだろう。

「バロック殿下じゃなければ、誰が王位を継《つ》ぐの？」

呆れてそう尋ねれば、お兄様が熱弁する。

「王弟殿下のところに二人息子《むすこ》がいる。どっちも騎士団にいる脳筋だが、政《まつりごと》は有能な部下を揃《そろ》えれば済む話だ。王は象徴《しょうちょう》としての役割を果たせばそれでいい。第一、バロック殿下が王位を継ぐより、酷いことにはならないはずだ。もしもこの先とんでもない国難がやってきたとして、あのバカ殿下のために忠義を尽くしたいと思う者がいるかな？　いないよね？　いないよー。絶対にいない」

どのみち、殿下が王位を継いだらこの国はヤバそうなので「もういっそ殺っちゃえば」という気持ちはわからなくもない。

ここでお兄様は、シドに殿下の周囲を改めて探るように指示をした。

「動きがあればすぐに対処したい。どんな些細《ささい》なことも見逃《みのが》すな」

「わかりました」

そう言うと、シドは先に執務室を出ていった。

——パタンッ……。

扉の閉まるかすかな音が、やけに虚しい。

お兄様と二人きり、どちらからともなく「はぁ」とため息が漏れた。

どうしてこうも婚約解消が難しいのか。

しばらく思案した後、私は椅子に座るお兄様の目を見て言った。

「私が行方《ゆくえ》不明になるのはどうでしょう？」

領地のどこかで、隠《かく》れて暮らすのはありかもしれない。教会はシドやお兄様に会えなくなるから行きたくない、となるともう選択肢はないように思われた。

「行方不明か。それなら叔母様《おば》に匿《かくま》ってもらうのはどうだ？」

叔母様はお母様の妹で、隣国《りんごく》のファンブルに嫁《とつ》いでいる。広い領地を持つ侯爵《こうしゃく》家の夫人だから、私一人を匿うのは簡単かもしれない。

しかも国内でないとなれば、王家が強制的に捜索《そうさく》するのは不可能だ。私が行方不明になったことでマーカス公爵家が責任を問われるかもしれないが、誘拐《ゆうかい》されたことにすればお咎《とが》めは最小限で済むはず。

「ファンブルに逃《に》げるのは、名案かもしれませんね」

でもそうなると、マーカス公爵家の皆《みんな》とはしばらく会えなくなる。それも、年単位で。

「私がファンブルへ行くと、シドは……」

連れていってもいいのだろうか、期待を込めて上目遣《うわめづか》いでお兄様を見る。

だが、お兄様は目を伏《ふ》せ、言いにくそうに告げた。

「ファンブルは魔導士の地位が低い。ヴィアラのように魔法が使えないならともかく、シドは連れていかない方がいい。それに、紫《スピネル》の力は絶大だ。ファンブルでヴィアラの世話役に甘んじるのは宝の持《も》ち腐《ぐさ》れになるだろう。シドには、いずれマーカス公爵領の防衛組織を任せようと思っている」

いつもへらへらしているから親しみやすいシドだけれど、本来なら国のお抱《かか》えになれるだけの才能があるし、望めば爵位《しゃくい》だって手に入るくらい希少な魔導士だ。

私のそばで、一緒に隠居《いんきょ》生活みたいなことをさせるなんてもったいない。

残念だけれど、私と一緒に逃げることにメリットがなさすぎる。少し考えただけでもそれがわかり、私はすぐに頷いた。

「シドは、公爵領に残った方がいいですね」

ずきりと胸が痛んだが、私のためにこれまで尽くしてくれたのだから、魔導士の地位が低い国に連れていってまで仕えさせるのは気が引ける。

何より、私がシドに対して従者以上の気持ちを抱《いだ》いているから、苦しめるかもしれない場所へ連れていきたくなんかなかった。

一緒にいたいけれど、それ以上に幸せになってほしいと思う。

無理やり自分を納得《なっとく》させ、笑顔《えがお》でお兄様に告げた。

「もしも叔母様のところへ逃げることになれば、私は一人で行きます。片道だけ、ガリウスかゾルドを貸してください」

あの二人なら、魔導士じゃないからファンブルでも冷遇《れいぐう》されないだろう。それに、二人が望むならすぐにローゼリアへ戻ってもらえばいい。叔母様は私を可愛がってくれているから、不自由な暮らしはしないで済むだろうしね。

「わかった。万一を考えて準備はしておこう」

「ありがとうございます、お兄様」

どうか、バロック殿下がアネット様を正妃にしたいとワガママを通してくれますように。

私のことはさっぱりすっきり解放してくれますように。

そして、できればシドと一緒にいられる日々が続きますように。

心の中で、何度もそう願うのだった。


「ヴィアラ様、城から書簡が……」

ファンブルへの逃亡《とうぼう》案が話に上がってわずか十日後。お兄様が不在のマーカス公爵家に、バロック殿下から呼び出しの手紙が寄越《よこ》された。

ロッソはすぐに仕事中のお兄様を連れ戻しに向かい、私はシドとエルザと三人で手紙の中身を確認《かくにん》する。

「二時に王都第一聖堂へ、ってもしかして婚約解消を強行するつもりかしら？」

敬虔《けいけん》な信徒でもない殿下がわざわざ聖堂に出向く理由は、一つしかなかった。

婚約解消。貴族の場合、婚約は魔法による儀式《ぎしき》で誓約《せいやく》を行っているので、いざ解消しようと思ったら紙切れ一枚で済む問題ではなく、神官に見届け人になってもらって術式を解除しなければいけないのだ。

「陛下の許可が得られたわけではない、ということでしょうか？」

エルザが心配そうに私を見る。たった十日で、国王陛下の考えが変わったとは思えない。

それなのに教会へ呼び出すってことは勝手に婚約を解消するつもりなのだろう。

「陛下と王妃様は、つい三日前に外遊に向かったばかりよ。殿下の独断でしょうね」

婚約解消に応じれば、陛下のいないうちに勝手をしたということで後で面倒《めんどう》なことになる。かといって、このチャンスを逃すのも……。

どちらにせよリスクがあるなら、この機に乗じて婚約解消するしかないように思われた。

「二時ってことは、今すぐここを出れば間に合うわね」

このチャンスを逃したくない！

出かける準備をするために意気揚々《いきようよう》と席を立った私を見て、シドがお兄様から預かっていたという分厚い封筒《ふうとう》を差し出した。

「お嬢、婚約解消の書類はここに」

「準備がいいわね!?」

お兄様が用意していたそれは、日付を書いて封《ふう》をするだけの状態になっていた。さすがお兄様、速《すみ》やかな手続きが行えそうだ。

それを受け取ろうとすると、シドは珍しく真剣《しんけん》な顔で私を見つめる。

「教会には俺もついていきますからね」

魔導士は教会の中へ入れない。だから、エルザだけを連れていこうと思っていた。それを見抜《みぬ》いたシドは、決定事項《じこう》として告げる。

「あら、心配？　一緒に来たとしても、外で待っていてもらうことになるわよ？」

「それでも、です」

「何かあるって思っているの？　教会には神官たちもいるのに」

紅《あか》い目を見つめると、ふいっと顔を逸《そ》らされた。

「お嬢のことを俺以外の人間に任せたくないだけです」

なんて殺し文句だ。これで平然としろというのは無理だ。頬が朱《しゅ》に染まり、熱を持つのがわかった。

「それは、その、つまり私のことを……？」

急に心拍《しんぱく》数が上がり、自分の気持ちを落ち着けようと胸の前で右手を握《にぎ》った。

「お嬢」

心地《ここち》いい低い声。ドキドキしながら、シドの言葉の続きを待つ。

真剣な眼差《まなざ》しに、思わず胸がキュンとなった。

エルザは出かける準備のためにすでに部屋を出ていて、いつの間にか二人きり。

これはまさか告白⁉　と期待していると、それはあっさり裏切られた。

「外出すると手当がつくんで、俺のことも連れていってください」

「いっそのこと国外にまで出してあげましょうか!?」

「あ、それだと出張手当もつきますね。お供します」

「行かないわよ!!」

悪役令嬢にロマンスはないらしい。私は、現実の厳しさを痛感させられた。


殿下に指定された第一聖堂は、王都の貴族街から馬車で三十分ほど。

小高い丘《おか》の上に建てられた真白い塔《とう》は、身分の貴賤《きせん》なくお祈《いの》りができる聖堂であり、教会の総本山である。

私たちが到着《とうちゃく》すると、出迎《でむか》えの神官がずらりと並んでいた。バロック殿下はすでに到着していて、応接室で寛《くつろ》いでいるという。

シドとエルザには馬車で待っていてもらい、私は神官たちの案内で応接室へ向かった。

教会の中は簡素な造りだったが、応接室は王侯《おうこう》貴族をもてなすために設けられた部屋なので、煌《きら》びやかな調度品や芸術品が並ぶ豪華《ごうか》な雰囲気だった。

「よく来たな。ヴィアラ」

バロック殿下は、いつも通りの尊大な態度で私を迎えた。

「殿下。ご機嫌、麗《うるわ》しゅうございます」

まずは挨拶《あいさつ》を、と優雅《ゆうが》にカーテシーをした私に向かって、殿下はいきなり婚約解消を宣言した。

「おまえとの婚約は解消する！」

ビシッと効果音がつきそうなほど、殿下はこちらを指差して誇《ほこ》らしげだ。その堂々とした態度は、まさに俺様王子そのものだ。

私としては願ったり叶ったりなので、すぐに殿下の言葉を受け入れる。

「わかりました！」

待ちわびた婚約解消に、嬉しすぎてやや食い気味に返事をする。

今日は、記念すべき日だと思って、ついペールピンクの華《はな》やかなドレスで来てしまった。喜びを表現しまくった装いである。

「……？　理由を聞かないのか」

私が戸惑《とまど》うとでも思ったのか、殿下は半信半疑といった風に眉根《まゆね》を寄せる。

理由なんて聞かなくてもわかっているが、言いたいんだろうな……。おとなしく聞いてあげよう。

コホンと咳《せき》ばらいをした私は、何も知らないふりをして尋ねた。

「理由をお教え願えますか？」

殿下はふふんと鼻を鳴らし、勝ち誇った顔で宣言する。

「真実の愛に目覚めたからだ！　私にはおまえのような可愛げのない女より、心から私を慕《した》ってくれるアネットがふさわしい！」

ついにきた！　殿下誘惑作戦がうまくいっていることは知っていたけれど、ついに婚約解消が実った瞬間だった。

私は歓喜《かんき》を隠さずに、胸の前でパンと手を打って殿下にエールを送る。

「まぁ！　おめでとうございます。真実の愛に出会ったのですね！　それはわたくしが身を引かなければ」

あぁ、感動で涙《なみだ》が出そう。でもこの記念すべき日は笑顔で過ごしたいから、ぐっと涙を堪《こら》える。

満面の笑みですべてを受け入れた私を見て、殿下は訝《いぶか》しげな顔をした。

「異論はないのか？」

「ありません。どうぞ、真実の愛を貫《つらぬ》いてください。それでこそ、バロック殿下です！」

心の底から応援します！

するとなぜか殿下がおとなしくなり、目を伏せて申し訳なさげに言った。

「おまえの気持ちが報《むく》われず、さぞ悔《くや》しいだろうな」

ん？　なんで私が殿下のことを好きだったみたいになっているの？

「わたくしのことはお構いなく！　殿下、早急《さっきゅう》に婚約解消の儀《ぎ》を行いましょう！」

にっこり笑った私は、殿下の近くに控《ひか》えていた神官長のノア様に目を向けた。

「儀式はどちらで？　ノア様」

今日、婚約を解消すると殿下に告げられたノア様は、わざわざ立会人を務めてくれるのだ。煌びやかな儀式用の神官服を纏《まと》っていて、神々《こうごう》しさが増している。

「あちらの儀式の間で、お二人だけで執《と》り行《おこな》っていただきます」

ノア様は涼《すず》やかな声で、金縁《きんぶち》の扉に視線を向けた。

「それでは殿下、こちらの聖杯《せいはい》をお持ちください。お二人とも、魔法道具の類《たぐい》は術式解除の妨《さまた》げとなりますのでこちらの箱に置いてください」

殿下はネックレスとブレスレットを、私はシドが作ってくれた指輪を外してノア様に預ける。そしてバロック殿下は、言われた通りに銀色の聖杯を右手に携《たずさ》え、儀式の間へと入った。

薄青色《うすあお》の水晶《すいしょう》のような鉱石の壁《かべ》に囲まれた部屋には、中央に小さな祭壇《さいだん》がある。その上に聖杯を置き、殿下と私は正面に並んだ。

ここには二人きり。扉が閉まり、いよいよ婚約解消の儀式が始まる。

「バロック・フォン・ラウディング、および、ヴィアラ・エメリ・マーカス。我らの間で交わした契約《けいやく》を、神の名のもとに速やかに解除せよ」

ノア様から教えてもらった呪文《じゅもん》をバロック殿下が唱えると、すぐに聖杯が光り出して部屋の中が美しい光の渦《うず》に包まれた。

私たちの身体から煙《けむり》のようなものがふわりと立ち上って消え、荷物を下ろしたかのように肩《かた》が軽くなったことで術式が解けたのがわかった。

「これでようやく……」

ホッと胸を撫でおろした私は、長年の不安だったことが解消されて心から安堵した。

今すぐ教会を飛び出して、シドの胸に飛び込みたい。殿下と婚約を解消したからといって彼と結ばれるわけではないけれど、今日だけはそれが許されるような気がした。

「殿下、これまでありがとうございました」

形ばかりの挨拶を口にして、スカートの裾《すそ》をつまむと優雅に礼をする。

本当に清々した。今日は記念日だ！

ところが殿下は、何を思ったのか私との距離《きょり》を一歩詰《つ》めてじっと見つめてくる。

「殿下？」

正面に立ったバロック殿下は、あろうことか私に向かって手を伸ばし、淡い水色《アイスブルー》の髪《かみ》を一束するりと指ですくい取った。

そして、次の瞬間とんでもないことを言い放つ。

「このまま終わってはおまえが哀《あわ》れだからな。せめて一度くらい抱いてやろう。このまま王子宮へ行くぞ」

「………は？」

今なんて言った？

とにかくゾッとするので、髪の毛は返してもらう。手を払われた殿下は一瞬《いっしゅん》だけ眉根を寄せたが、すぐに傲慢《ごうまん》な笑みを浮かべた。

「私に捨てられてなお、その気丈《きじょう》な態度はさすがだな。だが、プライドが高いおまえは泣いて縋《すが》ることもできないのだろう？」

「あの、何を……？」

「おまえが私のことを恋《こ》い慕《した》っていたのはわかっている。つれないそぶりは、すべて私の気を引きたくてやっていたんだろう？　哀れな女だ」

殿下の妄言《もうげん》が酷《ひど》い。私は唖然としてしまう。

「安心しろ、私はおまえの容姿だけは気に入っていたんだ。婚約を解消すればまともな縁《えん》談《だん》はないだろうから、このまま捨て置くのはもったいない。私は慈悲深《じひぶか》い男だ、思い出くらいくれてやろう」

にやりと笑ったその顔があまりに気持ち悪くて、背筋が凍《こお》る。

こいつは何を言っているんだ、と目の前が真っ暗になった。

「ヴィアラ」

殿下の人差し指が、私の顎《あご》にかかる。嫌悪《けんお》と憎悪《ぞうお》と、不快感が一気に私の全身を駆け抜けた。

「マーカス公爵家は使えるからな。側妃にならしてやってもいいぞ？　おまえの飼っているあの犬も、私の駒《こま》にしてやろう」

プチンッ、と私の頭の中で音がした。身を差し出せというだけでなく、家の力も、シドのことも私から奪《うば》うというのか。

このクズ、絶対に許せない。いくら相手が王子であっても、こんな酷い扱いをされて黙ってなんていられない。怒《いか》りと共に、私の中で魔力の塊《かたまり》が渦巻《うずま》き出す。

「殿下……」

私はほぼすべての魔力を右手に纏わせ、渾身《こんしん》の一撃《いちげき》をバロック殿下の腹にめり込ませた。

——**ゴスッ!!**

「はぐあっ！」

殿下の口から、ポタポタと涎《よだれ》が垂れる。

「あぐぁぁぁ！　がぁぁぁ……！」

続いて、大量の鮮血《せんけつ》が口から流れ出た。獣《けもの》のような唸《うな》り声を上げ、腹を両手で押さえて床に沈《しず》むバロック殿下。

それを蔑《さげす》んだ目で見下ろす私からは、彼の赤い髪と背中しか見えない。

「いい加減にしろ、この変態‼」

魔力で強化された拳《こぶし》を叩《たた》きつけたから、きっと内臓損傷で大変なことになっているだろう。内臓を通《とお》り越《こ》して、背骨を骨折しているかも。

自分の死亡フラグを折るつもりが、殿下を二つ折りにしてしまった。とても綺麗な二つ折りで、銅像でも作ってあげたいくらいだわ。

もっとスマートな婚約解消はできなかったのかと思う気持ちはあるけれど、やってしまったことはどうにもならないから今後のことを考えよう。

私の心は、驚くほどスッキリしていた。

「やっと終わった～！　これでもう私は自由よ！」

肩にかかった淡い水色《アイスブルー》の髪をさっと手で払った私は、蹲《うずくま》る殿下を放置して扉を開ける。

「ヴィアラ様？　おや、殿下は？」

扉の外にいたノア様が、きょとんとした顔で私を見た。

「殴《なぐ》っちゃった！　乱暴しようとするから、正当防衛よ！　殿下は重傷《じゅうしょう》です」

私は笑顔でそう告げる。

「殴った⁉」

ノア様は一つに結んだ銀髪《ぎんぱつ》が飛び跳《は》ねるほど、すごい勢いで駆け寄《よ》ってきた。

「手を浄化《じょうか》しましょう！」

殿下を汚物《おぶつ》扱い！　両手をノア様に取られ、浄化魔法をかけられた。

「なんという悲劇！　教会内で乱暴未遂《みすい》が発生するなんて、私の落ち度でございます！　お詫《わ》びとしてこの魂《たましい》を」

なぜ第三者の方が取り乱しているの⁉

自刃《じじん》しそうな勢いのノア様を、私は慌《あわ》てて制止する。

「いえ、ノア様のせいじゃありません！　悪いのはバロック殿下ですから」

「しかし！　神官長として何もお詫びをしないわけには……！」

狼狽《うろた》えるノア様は、本気で私のことを思いやってくれていた。私はここぞとばかりに、上目遣いでお願いをする。

「ノア様、殿下のことを死なないけれど動けないギリギリ程度に回復してほしいのです。なるべくゆっくりと回復魔法をかけて、時間稼《じかんかせ》ぎをお願いしてもよろしいですか？」

「時間稼ぎ、とは？」

ノア様は不安げに尋ねた。

私は目を伏せ、これからの予定を告げる。

「とにかく邸へ戻って、お兄様に事情を話します。今後のことを話し合わなくては」

殴った事実はなくならない。後悔《こうかい》はしていないけれど、やらかしたという自覚はある。早急に今後の身の振り方を決めなくては。

私の願いを聞いたノア様は、すぐに了承《りょうしょう》してくれた。

「わかりました……！　このノア、やり遂《と》げてみせましょう」

そう言うと、ノア様は震《ふる》える手で自分の長い袖の中を探り、白い宝石を取り出して私に握らせる。

「これはきっと、ヴィアラ様のお役に立つはずです。持っていてください」

手のひらで握り込むと、隠せるくらいの小さな宝石。よくわからないけれど、役に立つというのならもらっておこう。

「ありがとうございます、ノア様！」

私はお礼を言って、そこから離れた。

ドレスの裾を両手で摑《つか》み、淑女《しゅくじょ》らしからぬ猛《もう》ダッシュで教会の廊下を駆け抜ける。

穏便な婚約解消とはほど遠い現実だけれど、でもこれで自由なんだと思うと足取りが軽くなる。

長かった。本当に長かった！　この爽快《そうかい》感は、きっと誰にもわからないだろう。嬉しくて嬉しくて、じわりと涙が滲《にじ》んだ。

――バンッ!!

大きな木製の扉を開けると、大好きな人の姿が真っ先に目に飛び込んでくる。

「シド！」

「お嬢!?」

私は勢いをそのままに、シドに向かって突進《とっしん》した。

息を切らして走ってきた私を見て、彼は目を丸くする。

「終わったわ！　あまりに腹が立ったから思いきり殴ってやった!!」

彼の胸に飛び込むとちょっと驚いて足を引いたのがわかったけれど、すぐに抱き留《と》めてくれた。逞《たくま》しい腕《うで》に包み込まれ、最高に幸せな気分だ。

「お嬢!?　殴ったってどういうことですか、何されたんです!?」

シドに続き、エルザもぎょっと目を瞠《みは》る。

「バロック殿下を殴るなど……！　お嬢様《じょうさま》の神聖な手が汚《よご》れたのでは!?」

二人の慌てっぷりがすごかったので、私は急いで説明した。

「どういうことも何も、『一度くらい抱いてやろう』って言われたから殴ったのよ！」

「はぁ!?　あいつ……！」

私はどさくさに紛《まぎ》れてシドの胸に頬ずりをしてから、パッと顔を上げる。そして、今にも教会に乗り込んでバロック殿下をぶちのめそうと前のめりなシドをぎゅっと握った。

「ちょっと後始末してきます」

「ダメ！　早く逃げなきゃ！」

「大丈夫です、すぐに終わります」

終わるってそれ、殿下の命が終わるよね？　ダメだから、さすがに殺すのはダメだ。せっかくノア様が時間を稼いでくれているのに、シドがトドメを刺《さ》しに行ったらおかしなことになる。

エルザは拳を握り締め、「毒でも持ってくればよかった」と悔《く》やんでいる。「いっそ教会ごと破壊《はかい》するか」と意見が揃った二人を宥《なだ》め、早くここから立ち去ろうと促《うなが》す。

「いいから早く！　ノア様が時間を稼いでいるうちに、いったん家に戻るの。すぐに隣国へ逃げるから！」

「隣国へ逃げる⁉」

私はシドとエルザを馬車に押し込んで、マーカス公爵邸《てい》へと急ぎ戻った。

エピローグ

ただのヴィアラになりまして

邸《やしき》に戻《もど》ると、ロッソに呼び戻されたお兄様が私の帰りを待っていた。

手短に状況《じょうきょう》を説明すると、お兄様は真っ赤になって怒《おこ》り、そしてすぐに若《わか》い衆《しゅう》を集める。

国王陛下が不在の今、バロック殿下《でんか》が騎士《きし》を連れて乗り込んできたらどうしようもない。

勝てる勝てないの問題ではなく、街中で戦うにはうちが保有している武器の威力《いりょく》が強すぎて、周囲に甚大《じんだい》な被害《ひがい》を与《あた》えかねないのだ。

そういうわけで、最低限の荷だけを持ち、使用人やその家族も含《ふく》め全員で領地へ逃亡《とうぼう》することになった。

若い衆が一斉《いっせい》に武装し、馬車や魔導《まどう》スクーターで順次出発していく。

私はというと、簡単な荷造りを行って私室を後にした。

「ごめんなさい。私のことは、もうマーカス公爵《こうしゃく》家とは関係のない者だと思ってください」

「ヴィアラ、守ってやれなくてすまない……！　落ち着いたら会いに行くから、叔母《おば》様によくしてもらえ」

「はい、ありがとうございます！」

私は断腸の思いで、国外逃亡を決める。

衣服は、旅行ができるくらいには裕福《ゆうふく》な商家の娘《むすめ》に見えるよう、大きめの襟《えり》が可愛《かわい》い白いブラウスに藤色《ふじいろ》のスカートを選んだ。歩きやすいように、革《かわ》のブーツはショート丈《たけ》。

荷物は、ハンカチやお財布《さいふ》、身分を偽造《ぎぞう》した通行証を入れたポシェットに、着替《きが》えやタオルを詰《つ》めたボストンバッグで十分だ。調理場に行って、数日分の食材も取ってきた。

「お元気で、お兄様！　兄不幸な妹をお許しください」

マーカス家は殿下への慰謝料《いしゃりょう》を取られるだろうけれど、もともとは向こうに非があるんだ。外遊から国王陛下が戻ったら、そこまで酷《ひど》いことにはならないはず。

「ヴィアラ、これを」

裏庭を歩いている途中《とちゅう》で、お兄様がスッと大きな袋《ふくろ》を渡《わた》してきた。

「これは？」

押し付けられるように手渡《てわた》されたそれは、ずしりと重い。

不思議そうに尋《たず》ねる私に、お兄様は端的《たんてき》に告げる。

「旅費だ」

袋の口を開くと、金貨と銀貨がめいっぱい入っていた。しかも公爵家の印付きの証書まで持たせられる。

これは異国でも使える小切手で、馴染《なじ》みの商会に行くとお金を引き出せる仕組みだ。

「こんなものを持っていたら、強盗《ごうとう》に狙《ねら》われます」

突《つ》っ返《かえ》そうとしたら、ぐいっと押し返された。

「せめてお金だけは持っていくんだ！　本当はお兄様も持っていってほしいけれどぉ！」

先に泣かれると、こっちは泣くに泣けない。

ロッソにお兄様のことを頼《たの》み、隣国《りんごく》へ着いたら連絡《れんらく》するとだけ告げて馬車へ向かう。

裏口には幌《ほろ》馬車が用意されていて、幻術《げんじゅつ》により使い古された感じが醸《かも》し出《だ》されている。

「お嬢《じょう》、お待ちしておりました」

スキンヘッドのムキムキおじさんであるガリウスが、葉巻を吸いながら御者席《ぎょしゃ》に座っていて、私を見ると笑顔《えがお》で迎《むか》えてくれた。

「……よろしくね？」

大丈夫《だいじょうぶ》かな、この人選⁉　何も悪いことをしていなくても、検問に引っかかるのでは？

けれど、迷っている時間はない。覚悟《かくご》を決めた私は、顔を上げて深呼吸をした。

「お嬢、準備はできていますよ」

私を待っていたのは、ガリウスだけじゃなかった。いつもと何ら変わりない雰囲気《ふんいき》のシドがいて、ちょっとどこかへ出かけるくらいの軽い口調で彼は言った。

「よくお似合いですね、そのワンピース。旅行にぴったりです」

「ありがとう」

微笑《ほほえ》み合うと、まるでいつもの私たちだ。

彼は私が乗り込みやすいように、手を差し出してくれた。大好きな、大きな手。これもう見納めかと思うと寂《さび》しさがこみ上げる。

ぎゅっとその手を握《にぎ》り、しばらく手は洗いませんと心の中で誓《ちか》った。

「後は任せたわ」

本当は、シドとずっと一緒《いっしょ》にいたかった。出会って十年ちょっと、シドがいてくれるから本物の悪役にならずに済んだと思っている。

毎日そばにいてくれて、私が落ち込んだときはわざとバカな話をして笑わせてくれて。

いつだって私のために惜《お》しみなく力を尽《つ》くしてくれた。

バロック殿下と婚約《こんやく》解消したかったのは、シドと共に生きていきたかったから。

でも、さすがに王子を殴《なぐ》っちゃったら国を追われる。私とはもう関わらない方がいい。

寂しいけれど、大丈夫。シドはこれからもマーカス家で働くだろうから、きっとまたいつか会える。

何年後になるかはわからないけれど、そのときは立派に一人で生きられる女性になってシドに褒《ほ》めてもらいたい。

最後くらいかっこよく立ち去りたくて、強がって笑顔を作った。

「これまで本当にありがとう。お兄様をよろしくね」

好きでした、とは言えなかった。まだ実感がないから涙《なみだ》も出ないし、別れは意外にあっけないものだ。

こんな風にお別れする日が来るなんて、思いもしなかったわ。シドがいない暮らしなんて想像できないけれど、私はきっと彼のことをずっと忘れないだろう。

どうか元気で……。その顔をまじまじと見つめ、無意識のうちに別れを引き延ばす。

ところがシドは、私の手を握ったままきょとんとした顔で言った。

「なんでイーサン様？」

「は？」

なんでって言われても、シドはマーカス公爵家に雇《やと》われているんだから、私がいなくなった後は当主であるお兄様を守ることになるはずだ。

「………………」

互《たが》いにじっと見つめ合い、揃《そろ》って「こいつ何言ってるんだ」という顔になる。

「よろしくって言われても、俺はお嬢のものなんで」

この期に及《およ》んでそんなことを言われるとは意外だった。

「何言ってるの、これからはお兄様に仕えるんでしょう？　私はもうマーカス公爵家のお嬢様じゃないの。ただの落ちぶれ娘のヴィアラになるのよ？」

もしかしてわかっていないの？　改めて説明する私に、シドは冷静に突っ込みを入れる。

「ただの落ちぶれ娘が、そんなに金持ってませんって」

「あ、本当だわ」

確かにそうだ。私のバッグには、お兄様が持たせようとした半分の金額ではあるけれど、それでも家が一軒《けん》買えるくらいの資金がある。

「このお金でシドを雇えってこと？」

まさかの従者継続《けいぞく》？　ちょっと希望の光が見えた気がした。

ところが、シドは苦笑《くしょう》してそれを否定する。

「お嬢から金を取ろうなんて思ってませんよ」

「じゃあどういうこと？」

きょとんとしていると、私の両肩《りょうかた》に彼の手が添《そ》えられてぐっと摑《つか》まれた。

「お嬢、俺はすごいことに気がついたんです」

刻々と薄暗《うすぐら》くなる空。もう出発の時間が迫《せま》っている。シドの顔を見つめると、喜びと困《こん》惑《わく》が入り混じった表情で私を凝視《ぎょうし》していた。

「もうただの落ちぶれ娘ってことは、俺にもワンチャンありますよね⁉」

「はぁぁ⁉」

予想外の言葉に、私は呆気《あっけ》に取《と》られる。

「俺、決めました！　お嬢を嫁《よめ》にします！」

力強く宣言するシド。

衝撃《しょうげき》的な言葉に、まったく思考が働かない。

「いい旅にしましょうね〜！」

切《き》り替《か》えが早いっ！

シドはなぜか満足げに微笑んでいて、私の膝《ひざ》裏に手を差し入れて横抱《だ》きにした。

「ぎゃあああ！」

裏庭に響《ひび》き渡る、公爵令嬢《れいじょう》らしからぬ悲鳴。周囲の者は「なんだ？」とこちらを見るも、シドと私がじゃれていると思ったのか見事に流され誰《だれ》も声すらかけてこない。

「はい、行きましょう！」

シドはトンッと地面を蹴《け》ると幌馬車に乗り込み、ガリウスに向かって出発を告げた。

「行って！　今すぐ出して！」

「あいさー！　シドのアニキ、どこまでもお連れいたしやす！」

なぜ⁉　明らかにシドの方が年下なのに、なぜおっさんにアニキと呼ばれているの？

幻術で見た目はぼろい幌馬車になっているが、中は快適空間で、クッションを敷《し》き詰めた床《ゆか》はふかふかだった。私はぺたんとそこに座り込み、茫然《ぼうぜん》と御者台を見つめる。

シド、なんて言った？「ワンチャンありますよね」からの「嫁にします」って何？

え、シドに告白されたの？　でも、好きだって言われていないよね？

頭の上に疑問符《ぎもんふ》が次々と浮《う》かぶ。

「ちょっと」

「はい、なんですか？　お嬢」

シドは御者台に身を乗り出していて、背を向けたまま返事をする。

なんですかって、人を混乱に陥《おとしい》れといてなぜ普通《ふつう》に会話しようとしているの？　ついさっき、プロポーズしたよね⁉　一生に一度の求婚《きゅうこん》劇にしては、なんだかふざけすぎていない？

もうちょっとキュンと来る感じのプロポーズはなかったの⁉

黒髪《くろかみ》がなびく後頭部に向かって、私は叫《さけ》んだ。

「シド！」

「はい？」

彼はようやくこちらを振《ふ》り向《む》き、私の前で片膝《かたひざ》をつく。真正面にやってきたシドと顔を突き合わせると、急に恥《は》ずかしさがこみ上げて真っ赤になってしまった。

「あなた、本気で私と一緒に来るつもり？　国を出るまでは危険が伴《ともな》うし、それにこれからはどんな暮らしになるかもわからないのに……」

正気だろうか。国を追われる女に求婚だなんて。私を嫁にして、シドになんのメリットがあるというのだろう。

もしかして、そんなに私のことが好きなの？　信じたい気持ちと、何かオチがあるんじゃないかと疑う気持ちがせめぎ合う。

しかし彼はあっけらかんと言い放った。

「はい。お嬢を嫁にできるチャンスなんで、俺も一緒に逃《に》げます」

隣国とはいえ、文化や生活習慣は違《ちが》う。それに何より、ファンブルは魔導士《まどうし》の地位が低くてシドには不向きな土地柄《がら》だ。

「本当にわかっているの？　ファンブルに亡命するのよ？」

「あ、それは中止で。行き先はネレイスにします」

「え⁉　叔母様のところへ行くって、お兄様があれこれ手配してくれたのに！」

叔母様も準備をして待ってくれているはず。いきなり変更《へんこう》と言われても、私の頭がついていかない。

「それなら大丈夫です！　ガリウスに言づけて、後で通信機を使って報告しますから」

シドはガリウスを指差して笑う。

なんだか言いくるめられた気がする。一つ気になるのは、私にとっては好きな人と一緒に逃避行《とうひこう》であっても、これってお兄様からすれば許しがたい事態なのでは。

「ねぇ、これって駆《か》け落《お》ちになる？」

なんか恋愛《れんあい》小説みたい！　想《おも》い合う二人が手に手を取って共に逃げるなんて、切ない恋《こい》物語のハッピーエンドみたいだ。

まさか私にそんな運命が訪《おとず》れるなんて……と、ちょっとだけ照れる。

「え？　違いますよ。誰にも引き止められていませんから、駆け落ちではありません」

誰にも引き止められていないって、だって誰にも報告していないからね!?

「でも認められてもいないんじゃないの？　やっぱり駆け落ちになっちゃうわ」

私がそう言うと、シドはローブの内側をごそごそと漁《あさ》り一通のメモを取り出した。そこには見慣れたお兄様の字でこう書いてあった。

『妹をよろしくな！』

これって、私を守ってくれっていう依頼《いらい》よね？　そうとしか思えない。

メモを手にしてシドを見つめると、彼はニッと笑って言った。

「このよろしくっていうのは、『未来永劫《えいごう》よろしく』だと解釈《かいしゃく》しました！　つまりは結婚《けっこん》の許可が下りています！」

「拡大解釈が過ぎる！」

「具体的に書かない方が悪いです。お嬢は俺がもらいます。もう返しません」

どうしてそんな解釈ができるの？　頭痛がし始めて、私は右手で額を押さえた。

「ねぇ、さっきの嫁にするっていうのはやっぱり本気なの……？」

「ええ、もちろん」

きっぱりとそう告げられ、唇《くちびる》が震《ふる》えて顔に熱が集まってくるのがわかる。

まさかこんな風に、長年の恋が報《むく》われる日が来るなんて……！

嬉《うれ》しくて嬉しくて、口元を手で覆《おお》って涙を堪《こら》えた。

もう気持ちを隠《かく》さなくていいのね？　好きだって伝えていいのね!?

大きく息を吸い込んで、シドを見つめて気持ちを伝えようとする。

「私っ！　シドのこと……」

ずっと好きだったの。そう言おうとした瞬間《しゅんかん》、シドが急に私の前に右手を出して言葉を制した。

「わかっていますから！　お嬢が俺のこと、従者としてしか見ていないのはわかっていますから!!」

は？　何を言っているんだろう。まさか……まさか……私の気持ちがこれっぽっちも伝わっていない!?　こんなに好きなのに？　毎日餌付《えづ》けしてたのに!?

「俺、お嬢が惚《ほ》れてくれるまで待ちますから！　大事にします！」

「はぁぁぁ!?」

「婚約者に不貞《ふてい》を疑われないように、これまでどの男とも接触《せっしょく》してこなかったですもんね！　だから、恋とか愛とかわからないっていうお嬢の気持ちはわかってますから！」

いや、どうしてそうなったのかまったくわからない。私はあなたとしか接触していませんでした！　そしてあなたのことが好き！　恋か愛とかわかってます！

ぐいぐい迫ってくるシドは、私の両手を自分の手で包み込み、キスでもしそうな距離《きょり》で訴《うった》えかけてきた。

「ひぃっ！」

近い！　好きだけれど、やっぱりいきなりこの距離は無理っ！

悲鳴だけが口から漏《も》れる。

「これからも、ずっと一緒です！　二十四時間、付きっきりで口説きます！　時間はたっぷりあるので、がんばって俺に惚れてください」

がんばって惚れてくださいって何⁉　もう十分に惚れていますよ⁉

動揺《どうよう》する私に向かって、シドは前のめりで話を続ける。

「俺、絶対にお嬢を幸せにします！　けっこう苦労させると思うんですけれど、まぁそのへんは二人でなんとかしましょう！」

「そこは嘘《うそ》でも『苦労させません』って言いなさいよ！」

「苦労させません」

「遅《おそ》っ！　いいわよ、私のせいなんだから苦労上等でいきましょう……あ」

頭がくらくらする。叫びすぎた……！　こんなことで卒倒《そっとう》するほど気弱なご令嬢じゃないけれど、殿下を殴ったときに魔力《まりょく》を使いすぎていた。眩暈《めまい》もする。もうダメだ。

正面にいたシドの胸に倒《たお》れ込む私。

「魔力切れですか？　大丈夫ですよ、港まで眠《ねむ》っていてください」

優《やさ》しい声。しっかり抱き留《と》められると、安心して力が抜《ぬ》けた。

悪役令嬢に転生したと気づいたときは絶望したけれど、シドがいるなら私はヴィアラに生まれてきてよかったと思える。

こんな形でもバロック殿下との婚約は解消できたわけだし、もうこれからは悪役令嬢の運命に縛《しば》られなくていいんだ。

私はもう、ただのヴィアラなんだわ。

感極《かんきわ》まって泣きそうになり、彼のローブをぎゅうっと握り締《し》めて頰《ほお》を摺《す》り寄せた。

目を閉じていると、額の上部に柔《やわ》らかな感触《かんしょく》が落ちる。もしかしてキスをされたのか、と期待したけれど、それを確かめるにはもう力がなさすぎた。

「おやすみなさい、いい夢を」

温かい腕《うで》の中、車輪の軋《きし》む音や小刻みな揺《ゆ》れが心地《ここち》いい。

シドと一緒なら、きっとどこへ行っても大丈夫。これからどうなるかはわからないけれど、こうして寄《よ》り添えるだけで幸せなのだから。
私は大好きな人のぬくもりを感じながら、穏《おだ》やかな笑《え》みを浮かべて眠りについた。

終

あとがき

はじめまして、柊一葉《ひいらぎいちは》と申します。

このたびは、『ヒロイン不在の悪役令嬢《れいじょう》は婚約破棄《こんやくはき》してワンコ系従者と逃亡《とうぼう》する』を手に取っていただき、誠《まこと》にありがとうございます。

本作は、第2回異世界転生・転移マンガ原作コンテストの受賞作です。賞とは無縁《むえん》の人生でして、まさか大賞をいただけるとは……！　とてもうれしいです。

今回、コンテスト応募《おうぼ》時の原稿《げんこう》から、より楽しく、よりきゅんとくる内容に改稿《かいこう》するということで、ヴィアラとシドが逃亡するまでの日々をたっぷり書くことができました！

WEB版ともマンガ版とも違《ちが》う、小説オリジナルエピソードが満載《まんさい》で、両片想《かたおも》いのじれじれをおもいきり楽しんでもらえる内容になったのでは？　と思っています。

出版にあたり、ご尽力《じんりょく》いただきましたビーズログ文庫の皆様《みなさま》、担当編集Yさん、じろあるば先生、iyutani先生、小学館マンガワン編集部の皆様、pixiv関係者様、本当にお世話になりました。

改めてお礼を申し上げます。ありがとうございました。

さてさて、令和三年の現在は外出がままならず、何かとストレスフルな日々を送っている方が多いと思われます。

私事ですが、本業は取材ライターでして、一時期は仕事がゼロになり、もうこのまま廃《はい》業《ぎょう》するしかないのではという状況《じょうきょう》でした。

私たちのような「楽しいことを発信する仕事」というものは、はっきり言ってしまうとそれがなくても人々の生命には影響《えいきょう》のない仕事でして、見通しの立たない状況にこれからどうしていけばいいのだろうと途方《とほう》に暮れた時期もありました。

ですが、「なくても生きていけるものが溢《あふ》れていることこそ、心が豊かになるということなのでは？」と思い直し、日々がんばって創作活動を続けていこうと思えるようになりました。

それに、もともと私がライトノベルにハマったのは、産後の影響で巣ごもり生活をせざるを得なかった状況がきっかけでして、そのときのつらくて鬱々《うつうつ》とした気分を救ってくれたのがおもしろいWEB小説でした。

書きたいものを書いているだけなので、誰《だれ》かの役に立ちたいとか大層な志は持てそうにありませんが、もしかすると私の書いた小説を読んで「楽しい」とか「続きが気になるから明日もがんばろう」とかそんな風に思ってもらえたらうれしいなぁと思います。

最後になりましたが、『ワンコ系従者』がこうして書籍《しょせき》になったこと、本当に感謝しています。

ヴィアラとシドの旅はいよいよこれから、ということで、二人のさらなる物語を皆様にお届けできますようにと祈《いの》っております。

マンガ版もございますので、ぜひそちらもお楽しみくださいませ。

ふつつかな作者ではございますが、今後ともどうかご贔屓《ひいき》に。

柊 一葉

■ご意見、ご感想をお寄せください。
《ファンレターの宛先》
〒102-8177 東京都千代田区富士見 2-13-3
株式会社KADOKAWA ビーズログ文庫編集部
柊 一葉 先生・iyutani 先生

●お問い合わせ
https://www.kadokawa.co.jp/（「お問い合わせ」へお進みください）
※内容によっては、お答えできない場合があります。
※サポートは日本国内のみとさせていただきます。
※Japanese text only

B's-LOG BUNKO
ビーズログ文庫

ヒロイン不在《ふざい》の悪役令嬢《あくやくれいじょう》は婚約破棄《こんやくはき》して
ワンコ系従者《けいじゅうしゃ》と逃亡《とうぼう》する

柊《ひいらぎ》 一葉《いちは》

2021年7月15日 初版発行

発行者 青柳昌行
発行 株式会社 KADOKAWA
〒102-8177 東京都千代田区富士見 2-13-3
（ナビダイヤル）0570-002-301
デザイン 百足屋ユウコ＋モンマ蚕（ムシカゴグラフィクス）
印刷所 凸版印刷株式会社
製本所 凸版印刷株式会社

ISBN978-4-04-736499-8 C0193

定価はカバーに表示してあります

ビーズログ文庫
異世界で聖騎士の箱推ししてたら
尊みが過ぎて聖女になってた
聖女の素顔は前世ドルオタ!?
推しへの愛(尊み)で
世界を救います!
のんべんだらり
イラスト／RAHWIA　キャラクター原案／山《やま》悠《ゆう》希《き》
試し読みはここをチェック★
類い稀な魔力を持つ聖女・ミレーナ。しかしてその正体は、国のトップである聖騎士3名を『箱推し』する愛のパワーで、その地位に上り詰めた前世ドルオタ！　今日もひたすら推しを尊み、聖女の奇跡を起こしてみせます！